로자 룩셈부르크의

옥중서신

Rosa Luxemburg
Briefe aus dem Gefängnis

# 로자 룩셈부르크의 옥중서신

**초판 1쇄 인쇄** 2019년 8월 1일
**초판 1쇄 발행** 2019년 8월 8일
_

**지은이** 로자 룩셈부르크
**옮긴이** 김선형
**펴낸이** 이방원
**편 집** 정우경·김명희·안효희·윤원진·정조연·송원빈
**디자인** 손경화·박혜옥 **영 업** 최성수 **기획·마케팅** 이미선
_

**펴낸곳** 세창출판사
신고번호 제300-1990-63호
주 소 03735 서울시 서대문구 경기대로 88 냉천빌딩 4층
전 화 723-8660 팩 스 720-4579
이메일 edit@sechangpub.co.kr 홈페이지 http://www.sechangpub.co.kr/
_

**ISBN** 978-89-8411-868-3 03850

_ 이 책에 실린 글의 무단 전재와 복제를 금합니다.
_ 이 책에 실린 모든 사진은 퍼블릭 도메인입니다.

이 도서의 국립중앙도서관 출판시도서목록(CIP)은 서지정보유통지원시스템 홈페이지(http://seoji.nl.go.kr)와 국가자료공동목록시스템(http://www.nl.go.kr/kolisnet)에서 이용하실 수 있습니다.
(CIP제어번호: CIP2019028498)

# 로자 룩셈부르크의
# 옥중서신

로자 룩셈부르크 지음

김선형 옮김

세창출판사

처음 이 저서를 접하면서, 좌파 지식인으로 너무도 유명한 로자의 혁명적 사상을 엿볼 수 있으리라 기대했었다. 하지만 대략 훑어보면서, 그녀가 소피의 건강에 대한 염려, 일상적 안부 그리고 교도소에서의 생활 등을 계속 반복해 전하는 것을 보고 편지의 내용이 너무 평이한 것은 아닌지 약간 의아하기도 했었다.

그러나 마르크스 이후의 가장 뛰어난 지식인이자 사회주의 이론가, 혁명가로 평가되는 로자는, 친구 소피에게 보내는 편지 속에서 예술, 음악, 문학 그리고 자연의 세계를 폭넓게 언급하면서 그녀가 천재적 지성의 소유자임을 여실히 증명하고 있다. 특히 자연 풍경을 생동감 있게 묘사하는 문장들을 통해 그녀의 놀라운 필력을 볼 수 있다. 또한 편지 속에 언급되어 있는 에피소드들은 그녀의 가장 소박하고 순수한 인간적인 면모를 잘 드러내고 있다. 그러므로 이 편지들은 교양을 갈구하는 독자들에게 문화, 예술, 자연, 그리고 문학에 대한 이해를 넓히게 할뿐더러, 역사적 인물의 사적인 공간을 경험할 수 있게 할 것이다.

후반부의 편지에서 로자는 『고뇌의 기억, 코펜하겐 궁전의 푸른 탑에 1663~1685년 감금된 동안 작성된 슐레스비히 홀슈타인 레오노라 크리스티나 울펠트 백작부인의 회상록』을 언급한다. 이 책에는 덴마크 공주로 태어났으나 정치적인 문제에 연루되어 26년간 궁전 내에서 옥살이를 했던 울펠트 백작부인의 이야기가 담겨 있다. 26년이란 긴 세월 동안 투옥되어 있었지만 우아함을 잃지 않았다는 울펠트 부인처럼, 로자 자신도 여러 번 교도소에 갇히는 상황에서도 자신의 자존심을 지키고 싶었을 것이라 생각된다. 이처럼 로자는 편지 속에서 자신의 상황이나 사상적 이념을 자신이 관심 있는 저서들을 통하여 간접적으로 밝히기도 한다.

로자가 과격파 사회주의 혁명을 외치는 인물임에도 서구에서 아직도 연구의 대상이 되고 많은 관심을 받고 있는 이유는, 그녀가 이상주의적 혁명주의자이자 이론가일 뿐 아니라 약자와 여성의 편에 서 있었기 때문일 것이다. 최근 서구에서는 페미니즘의 측면에서 로자의 사상이 활발하게 연구되고 있다. 그녀는 다리를 저는 신체적 약점을 지녔고 정치적 활동으로 많은 고통을 받았던 인물이지만, 항상 삶을 긍정하며 자신이 옳다고 생각하는 신념을 지키고자 노력했기에 오늘날의 많은 이들에게도 시사하는 바가 크다고 할 수 있을 것이다.

# 로자 룩셈부르크

(Rosa Luxemburg)

유복한 유대인 집안 출신인 로자는 1871년 3월 5일 러시아 제국의 통치를 받는 폴란드 남동부 자모시치(Zamość)라는 도시에서 태어났으며 바르샤바에서 중고등학교를 마쳤다. 그녀는 15세에 이미 프롤레타리아당에 가입하여 혁명가가 되었고, 1888년에는 폴란드 노동자 연맹을 결성하였다. 지속적으로 러시아 정부의 감시를 받던 그녀는 1889년 스위스로 망명하였고, 1890년 스위스의 대학에 진학하여 공법, 경제학과 사회과학을 공부하였다. 그녀는 폴란드의 산업발전에 관한 연구로 1891년 박사학위를 취득하였다.

로자는 1898년 5월 25일 독일 사회민주당(SPD)에 가입하였고, 1904년 1월 강연 도중 빌헬름 2세를 모독한 죄로 그해 8월 26일 베를린-츠비카우(Zwickau) 교도소에 3개월 동안 구금되었다. 독일 함부르크에서 대중 파업에 주도적 역할을 했던 로자는 1906년 3월 다시 수감된다. 그녀는 1905년 예나에서 행

베를린 장벽에 있는 스텐실 그라피티. 로자의 얼굴 위로 '나는 테러리스트이다(Ich bin eine terroristin)'라고 쓰여 있다.

한 당대회 연설로 인해 1906년 6~7월 동안 다시 투옥되었다.

애국주의자가 판치던 1914년 집권당인 사민당이 제국주의 전쟁에 동조해 계급전쟁과 프롤레타리아 국제주의 이념을 저버리자, 로자는 카를 리프크네히트(Karl Liebknecht)와 클라라 체트킨(Clara Zetkin)과 함께 사민당 내부에 극좌파인 스파르타쿠스단을 결성한다. 스파르타쿠스단은 전쟁을 반대하면서 많은 활동을 하였다. 이 일로 로자는 1915년 2월에 체포되었고, 1916년 2월 18일까지 바르님 거리의 교도소에 감금되었다.

그녀는 1916년 7월 10일 다시 바르님 거리의 여자 교도소에 감금되었다가, 1916년 10월 말에는 브론키의 교도소로 이송되었다. 교도소에서는 '붉은 프리마돈나'라 불리는 로자에게 신중을 기할 수밖에 없어, 교도소장 에바 슈리크(Eva Schrick)는 로자가 교도소 내에서도 비교적 수월하게 지낼 수 있도록 호의를 베풀어 준다. 그러나 에바가 떠나자 로자에 대한 규제는 더욱 엄격해진다.

로자는 다시 1917년 7월 26일 브로츠와프 교도소로 이송되었다. 교도소장이자 친구인 마르타 로젠바움(Marta Rosenbaum)이 로자에게 교도소 밖으로 산책을 허용한다. 1917년 11월 10일 로자의 후원자이자 친구였던 한스 디펜바흐(Hans Diefenbach)가 서부 전선에서 전사하였다. 1918년 11월 18일 로자는 석방되었다. 그녀는 1919년 1월 봉기를 일으키지만 실패하고, 우파 집권 세력에 의해 카를 리프크네히트와 함께 1919년 1월 15일 체포되고 살해되었다. 사회주의 혁명을 위해 투쟁하였다가, 우파에 의해 살해되어 시신을 찾을 수 없었던 로자의 사건을 독일의 시인 베르톨트 브레히트(Bertolt Brecht)는 시 「묘비명 1919(Grabschrift 1919)」에서 이렇게 표현하고 있다.

**묘비명 1919**

붉은 로자도 이제 사라졌네.
그녀의 몸 어디에 있는지 알 수 없으니.

그녀는 가난한 이들에게 진실을 말했기에

그 때문에 부자들이 그녀를 처형했다네.(2권 429)


로자 룩셈부르크는 1919년 1월 15일 체포된 후, 그해 5월 31일 베를린의 란트베어 운하(Landwehr Kanal)에서 시신이 발견되었고, 6월 13일 프리드리히스펠데(Friedrichsfelde) 공원묘지에 안장되었다. 이 사건과 연관하여 브레히트는 다음과 같이 「로자 룩셈부르크를 위한 묘비명(Grabschrift für Rosa Luxemburg)」을 썼다.


### 로자 룩셈부르크를 위한 묘비명


이곳에 로자 룩셈부르크가

안장되어 있다.


폴란드 출신의 유대인

독일 노동자들의 투사

독일 압제자들의 지시로

살해되었도다. 억압받은 그녀로 인하여

그들의 불화는 은닉되었다.(3권 958)

브레히트는 로자 룩셈부르크의 시신이 형체를 알 수 없는 상태로 발견된 이 사건에 대한 시를 「익사한 소녀에 대한 발라드(Ballade vom ertrunkenen Mädchen)」라는 제목으로 1922년 『세계무대(Die Weltbühne)』에 발표하였다. 이 시의 원래 제목은 「익사한 소녀에 대하여(Vom ertrunkenen Mädchen)」이다.

## 익사한 소녀에 대하여

### 1

그녀가 익사하여 냇물에서

넓은 강으로 떠내려가고 있을 때,

오팔색 하늘이 너무도 찬란하게 비추었다.

마치 죽은 몸을 위로하는 것 같았다.

### 2

수초와 해초가 그녀의 몸에 달라붙어

그녀의 몸은 서서히 무거워졌다.

서늘한 물속에서 물고기들은

그녀의 다리 옆으로 헤엄쳤고

식물과 동물들이 그녀의 마지막 여행을 어렵게 하였다.

3

하늘은 저녁녘 연기가 피어난 것처럼 어두워졌고

밤하늘에는 별빛들이 비추고 있었다.

그녀에게도 아침과 저녁이 있도록

하늘은 일찍 밝아졌다.


4

그녀의 창백한 몸이 물속에서 부패되어 갈 때

(대단히 천천히) 그 일은 일어났고,

하느님은 그녀를 서서히 잊어버렸다.

처음에는 그녀의 얼굴을,

그리고 나서 손을 마지막에는 비로소 그녀의 머리카락을.

그 뒤에 그녀는 다른 썩은 시체와 더불어

강물 속 썩은 시체가 되었다.(8권 252)

로자 룩셈부르크와 카를 리프크
네히트의 무덤(1919)

# 소피 리프크네히트

(Sophie Liebknecht)

러시아 출신 유대인인 소피는 1884년 1월 18일 러시아의 로스토프(Rostov)에서 태어났고 1964년 모스크바에서 사망하였다. 그녀는 베를린과 하이델베르크에서 예술사를 공부하였고 1909년 박사학위를 받았다. 첫 아내를 잃은 카를 리프크네히트와 1912년에 결혼하여 그의 세 아이들을 맡아 기르고 있었다. 로자는 소피와 깊은 우정을 나누었다. 그녀는 소피에게 친구이자 언니이고 스승이었다. 1916년 5월에 카를이 4년 1개월의 징역형을 받게 되었고, 로자도 곧 체포되었다. 이 책에 담겨 있는 편지들은 바로 이 시기에 로자가 소피에게 보낸 편지들이다. 그녀는 남편이 살해된 후 런던으로 도피하였으나 다시 베를린으로 돌아와 소련 대사관에서 근무하였다. 후에 1934년 모스크바로 이주하여 외교관 양성을 위한 대학에서 강사로 근무하였다.

# 차례

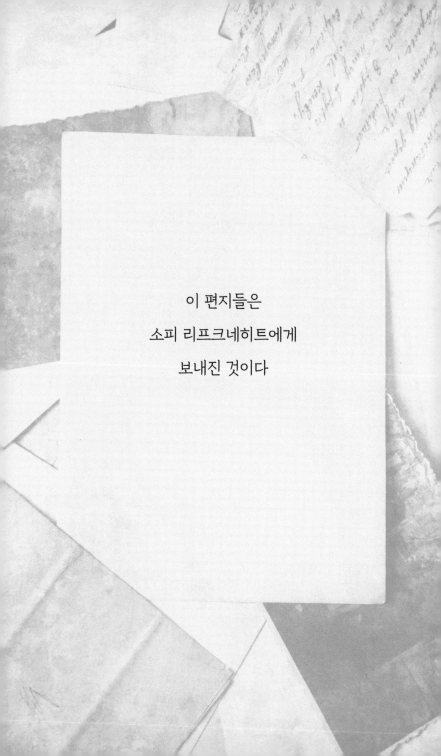

이 편지들은

소피 리프크네히트에게

보내진 것이다

로자 룩셈부르크

로자 룩셈부르크는 제1차 세계 대전이 발발하기 전, 군대에서 자행되었던 가혹행위를 비판한 연설 때문에 1년 동안 교도소에 투옥되었다. 잠시 석방되었다가, 다시 베를린의 11월 혁명*까지 베를린, 브론키**와 브로츠와프***에서 보호관찰처분을 받게 된다.

---

* 독일에서는 1918년 11월부터 지역별로 노동자-병사 평의회가 조직되어 황제와 지방군주의 퇴진을 요구하였다. 11월 7일 바이에른에서는 사회주의 공화국의 수립이 선포되었다. 황제 빌헬름 2세는 네덜란드로 망명하였고, 독일 사민당 프리드리히 에베르트(Friedrich Ebert)가 수상에 취임하게 되었다. 이것으로 독일 제국은 붕괴하였고 의회 민주주의 공화정이 탄생하였다.
** 브론키(Wronki): 폴란드 중서부 비엘코폴스카주에 위치한 도시. 독일어로는 브론케이고, 폴란드어로 브론키라 한다.
***브로츠와프(Wrocław): 폴란드 남서부 돌노실롱스키에주의 주도로 독일어로 브레슬라우, 폴란드어로는 브로츠와프라 한다.

POSTCARD

라이프치히
1916년
7월 7일

## 나의 사랑하는 작은 소녀[*]

오늘의 날씨는 라이프치히의 여느 날씨처럼 무덥고 습합니다. 이곳 날씨는 견디기 힘들군요. 나는 오전에 연못 옆에 두 시간 정도 앉아 있었고, 『자산가(*The Man of Property*)』[1]라는 책을 읽었습니다. 그 책은 훌륭하더군요. 나이 지긋한 어떤 부인이 내 옆에 앉아 있었는데, 제목을 보더니 미소를 지었어요. "그 책은 멋진 책일 것 같군요. 나도 책 읽는 것을 좋아해요." 나는 독서를 하려고 앉기 전에, 자연스럽게 나무와 덤불 위에 있는 시설들을 살펴보았습니다. 모든 것들이 만족스러웠고 낯익은 모습이었습니다. 이와는 반대로 사람들과의 만남은 점점 나를 만족시키지 못하는 것 같습니다. 나는 곧 그 어떤 욕망도 없는 성 안토니우스[2]처럼 은자(隱者)가 될 것 같습니다. 명랑하고 편안하기를.

---

[*] 로자 룩셈부르크는 1916년 7월 10일 당시 공공의 안녕을 해한다는 이유로 체포되었다. 이 엽서는 로자 룩셈부르크가 감금되기 전 라이프치히에서 쓴 것이다.

진심으로 인사하며.

당신의 호자가

아이들에게 안부 전해 주세요.

POSTCARD

1916년
8월 2일
베를린

바르님 거리의 교도소

## 나의 사랑하는 귀여운 소냐

8월 2일 오늘 나는 당신이 보낸 두 통의 편지 모두를 방금 받았습니다. 하나는 7월 11일이고, 또 하나는 7월 23일 것이군요. 당신도 보았듯이, 나에게 오는 우편물은 뉴욕으로 보낸 것보다 더 오래 걸리는군요. 그동안 당신이 나에게 보내 주었던 책들도 받았습니다. 이 모든 것에 대해 당신에게 진심으로 감사드립니다. 당신이 그런 처지에 있는데, 당신을 떠나야 했다는 것이 정말 괴롭습니다. 당신과 다시 들녘을 거닐거나 부엌의 돌출창에서 일몰이 지는 것을 얼마나 보고 싶었는지. 나는 고독하고 절망적인 상태에서 항상 당신을 생각했습니다. 정말 마음이 아픕니다. 그러나 다른 동료들이 자주 당신과 함께할 수 있을 것이라 생각합니다. 독서는 하나요? 나는 당신에게 『레싱의 전설(*Die Lessing-Legende*)』[3]을 읽을 것을 절실하게 권해 드립니다. 당신은 자신의 생각에 몰두해야 합니다. 그렇지 않으면 매일 벌어지는 사소한 일이나 계속되는 신경의 긴장으로 무너져 버릴 것입니다. 그리고 휴양을 위한 당신의 여

행은 어떻게 되어 가고 있나요? 당신은 몇 주 동안 떠나 있어
야 합니다. 그 시간 동안 카를에게 필요한 것을 가져다줄 수
있는 누군가를 찾을 수 있을 겁니다. —나는 헬미*에게서 여행
에 관한 기록을 적은 상세한 엽서를 받았습니다.— 횔덜린[4]이
쓴 책을 보내 주셔서 대단히 감사합니다. 하지만 나를 위해 돈
을 허비하지는 마세요. 정말로 불편합니다. 그리고 모든 좋은
물건들과 살갈퀴를 보내 주셔서 감사합니다. 곧 편지를 보내
주세요. 그러면 내가 이번 달 안에 편지를 받을 수 있겠지요.
당신의 손을 따뜻하게 꼭 잡고 싶군요. 힝싱 용감해야 하고,
의기소침해서는 안 됩니다. 나는 마음으로는 당신과 함께 있
습니다. 카를과 아이들에게 안부 전해 주어요.

당신의 로자가

피에르 로티[5]는 대단하더군요. 다른 책들은 아직 읽지 못했습
니다.

---

\* 빌헬름 리프크네히트(Wilhelm Liebknecht, 1871~1919): 헬미가 애칭. 카를 리프크네히트의 아
들. 베를린, 프랑크푸르트 암 마인과 빈에서 법학과 정치학을 공부하였다. 1928년 이후 그
는 마르크스-엥겔스 연구소에서 일하였다. 후에 자유 작가와 편집인으로 활동하였다.

POSTCARD

## 사랑하는 소니치카[**]

나는 지금 당신에게 갈 수 없게 되었습니다. 일이 아주 힘들게 되었습니다. 그렇지만 침착하세요. 많은 일들이 지금의 상황과는 달라질 겁니다. 지금 당신은 여행을 떠나야 합니다. 경치가 아름답거나 당신이 보호받을 수 있는 시골이나 초원으로. 이곳에 계속 머물러 있으면 당신은 더욱 쇠약해질 뿐이고, 그런 상황은 어떤 의미도 목적도 없습니다. 최종심에 이르기까지 몇 주가 걸릴 수 있습니다. 제발, 가능하면 어디로든지 떠나가세요…. 당신이 회복되었다는 것을 알게 된다면 카를도 분명히 안심할 것입니다. 당신이 보내 준 10일자 편지와 좋은 선물들에 진심으로 감사합니다. 우리는 내년 봄에는 분명히 함께 들녘이나 식물원으로 갈 수 있을 겁니다. 벌써 기대가 되는군요. 그러나 지금은 이곳에서 떠나세요. 소니치카! 보덴호로 갈 수 없나요? 그곳에서 남쪽을 약간 느낄 수 있

[**] 카를 리프크네히트는 1916년 8월 23일, 4년 1개월의 징역형을 받았다. 로자는 이 사건으로 충격을 받았을 소니치카에게 위로의 편지를 쓴 것이다.

을 겁니다. 당신이 떠나기 전에, 나는 당신을 무조건 만나고 싶습니다. 사령관에게 청원하고 곧 다시 연락해 주세요. 그래도 편안하고 즐겁게 지내길 바랍니다.

당신에게 포옹을.

로자

카를에게 안부 전해 주어요.
헬미와 보비*가 보낸 두 개의 엽서는 받았고 너무도 기뻤습니다.

---

* 로베르트 리프크네히트(Robert Liebknecht, 1903~1994): 보비가 애칭. 카를 리프크네히트의 아들로 드레스덴 미술대학에서 공부하였다. 후에 화가로 활동하였다.

Wronki

브론키

POSTCARD

사랑하는 귀여운 소니치카,

당신의 동생이 쓰러졌다는 소식을 마틸데*에게서 들었습니다. 당신이 받았을 충격만큼이나 나도 정말로 충격을 받았습니다. 당신이 최근에 이 모든 것을 어떻게 견디어 내는지! 당신의 마음을 조금이라도 따뜻하게 하고 즐겁게 할 수 있으면 하는데, 당신과 함께할 수 없군요…. 당신의 모친께서 이 새로운 불행을 견디실 수 있을지, 나 역시 당신의 어머니가 걱정스럽군요. 정말 사악한 시대입니다. 그리고 삶 속에 너무도 긴 사상자 명단을 기록해 놔야겠군요. 이곳에서 한 달을 보내는 것이 베를린의 세바스토폴에서 일 년을 보내는 것과 같습니다. 나는 곧 당신을 볼 수 있기를 희망합니다. 진심으로 그일이 이루어지기를 갈망하고 있습니다. 당신은 동생에 대한 소식을 어떻게 전해 들었나요? 어머니를 통했나요, 아니면 직접 들었나요? 혹시 다른 동생에 대해서도 들었나요? 나는 마틸데를 통해서 당신에게 무언가를 보내고 싶습니다. 그런데

---

* 마틸데 야콥(Mathilde Jakob, 1873~1943): 번역가이자 타자수. 로자 룩셈부르크의 비서이자 친구이다. 그녀는 교도소에서 로자의 편지들과 원고들을 몰래 빼내 와 로자의 전집에 포함시키는 데 기여하였다.

유감스럽게도 화려한 색깔의 작은 손수건밖에 가진 것이 없
군요. 놀리지는 말아요. 이것으로 내가 당신을 대단히 사랑하
고 있다는 것을 말하고 싶습니다. 당신이 어떤 상황인지 내가
알 수 있도록 곧 편지를 써 주세요.

　카를에게 안부 전해 주세요.

당신의 초자

　당신을 진심으로 포옹하겠습니다.

　아이들에게도 안부 전해 주세요.

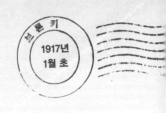

소니치카,
나의 사랑하는 작은 새여!

멋진 크리스마스트리, 아름다운 그림, 훌륭한 거울, 뒷바라
지와 편지들에 정말 감사합니다. 나는 고통스러워하며 당신
의 편지를 기다렸습니다. 당신에 대한 걱정으로 편안치가 않
은데다, 당신이 그리워 몇 줄이라도 글을 쓰면서 당신과 연결
되려 합니다. 당신도 나에게 자주 편지를 보내 주어야 합니
다. 모든 개인적인 일을 기탄없이 나에게 적어 보내세요. 나
는 여기서는 편지들을 직접 받습니다. 내가 당신의 본성 중
어떤 점들을 이해하지 못하거나 대수롭지 않게 여긴다고 생
각한다면 완전히 오해하는 것이고, 아직도 나를 잘 모르는 것
입니다. 나에게는 인간적이거나 여성적이지 않은 것은 정말
로 낯설고 의미가 없습니다. 나는 당신이 생각하는 것보다 당
신을 더 잘 이해하고 있으며, 당신이 카를[리프크네히트]과 혹
은 카를 때문에 —소위 지금 그의 상황 때문에[*]— 겪고 있는

---

[*] 카를 리프크네히트에 대한 상급 군법회의의 판결이 1916년 11월 4일 독일제국 대법원에서

비극적 갈등을 파악하고 있다고 생각합니다. 불행한 여인이
여, 내가 얼마나 당신을 이 끔찍한 상황에서 빠져나오게 하고
싶은지 모릅니다. 나는 가혹한 수단들 앞에서도 놀라 물러서
지 않을 것입니다. 물론 문제의 해결은 당신 자신에게, 당신
의 마음에 달려 있습니다. 나는 카를이 아직도 당신을 지배하
고 있다고 생각지 않습니다. 정말로 어떤 충고도 생각나지 않
네요. 나는 당신에게 외적인 편안함을 만들어 주려 노력했지
만, 아이들의 문제에 있어서는 당신의 의지에 따라야 하겠지
요. 당신의 어머니와 함께 풀면 당신의 경우는 그렇게 절망적
이지 않으리라 생각합니다. 당신의 어머니를 만나기 위해서
라면, 케셀[6](아니면 외무부 오스카 콘[7]이 당신에게 말해 줄 수 있을 것
입니다)에게 스웨덴으로 갈 수 있는 여행허가를 위한 청원을
하도록 하세요. 당신이 이 전쟁으로 인해 잃어버린 것을 설명
하면, 허가를 받을 것이라 확신합니다. 그리고 사람들이 당신
의 어머니를 놓아주지 않는다면, 아마도 당신의 처녀시절 여
권으로 몇 주 동안 그녀에게 갈 수 있을 것입니다. 카를이 약
간은 도움을 줄 수 있을 테니, 3개월마다 그를 찾아가세요(그

확정되었고, 그는 1918년 10월 23일 석방될 때까지 루카우 교도소에 감금되었다.

렇게 되리라 생각합니다만). 결국 그도 희생을 감수해야만 하고, 당신을 몇 달 동안은 해방시켜 줄 것입니다. 그가 즉시 도움을 주리라 확신합니다. 그러면 당신은 편안해지고 생기가 돌아올 것입니다. 곧 요청하고, 나에게 이야기해 줘요. 꼭 이 편지를 연관시킬 필요는 없으니, 다른 모든 것을 편안하게 적어 보내세요.

소니치카, 나의 작은 아가씨, 될 수 있는 한 자신의 건강을 돌보아야 합니다. 식물원으로 가서 신선한 공기를 많이 마셔야 합니다(무슨 꽃이 피었는지 나에게 말해 주세요). 기분전환을 위해 좋은 소설책을 읽거나 사람들과 많이 어울리세요. 지금 상태로 혼자 있는 것은 당신에게 좋지 않아요. 그리고 요양소는 어떨까요? 언제, 어디가 좋을까요? 망설이지 말고, 곧 스웨덴으로 가거나 요양소로 가세요. 바로 편지 보내 줘요. 온 마음으로 당신을 포옹하겠어요.

당신의 매우 성실한 로자

공적인 일입니다: 내가 당신에게 전부 얼마나 빚지고 있는지 곧 적어 보내 주세요.(두 권의 책과 멋진 브로치이지요!) 구강청결제 한 병을 보내 주면 고맙겠어요. 그리고 브러시가 있는 콤팩트 하나만 보내 주면 너무 감사하겠습니다(2kg 미만의 소화물로 보내 주어요).

카를 리프크네히트

1917년
1월 15일

소뉴샤,
나의 작은 새여!

　내 소원은, 당신 생일에 축하 인사를 할 수 있도록, 하루 종
일 내가 당신과 함께할 수 있다는 내용이 적힌 이 편지가 18
일에는 첫 번째 우편으로 당신의 침대로 날아갔으면 하는 것
입니다. '즉흥적'인 방문은 생각뿐이지만, 이날 나는 당신 옆
에 있을 것이고 당신의 생각 속에 있을 것입니다. 당신은 그
것을 느껴야만 합니다. 더 이상 속으로 떨지 말고 부드러운
외투와 같은 나의 사랑과 온기로 감싸여 있어야 합니다. 외톨
이로 당신의 고통과 함께하는 나의 불행한 여인이여. 이런 날
에는 편지로나마 당신에게 명랑한 시간들을 마련해 주고 싶
습니다. 왜냐하면 베를린의 쥐트엔데에 있는 나의 집에서만
볼 수 있었던 ―적어도 나에게는 그렇게 생각됩니다― 빛나
는 하얀 무지개 여신으로 당신의 창가 모퉁이를 장식할 수도,
요한 계시록에 나오는 구름이 있는 타오르는 일몰을 당신에
게 보여 줄 수도 없기 때문입니다. 대신 당신에게 히아신스와
튤립을 보내겠습니다. 그리고 나의 사진도(이것은 꽃에는 전혀

34

어울리지 않네요). 염치없는 취향의 선물 하나를 브뤼셀에서 주문했었는데(그것은 약간 파리풍입니다) 유감스럽게도 제때에 도착할 수 없네요. 그것은 나중에라도 당신에게 기쁨을 주겠지요. 우리 친구들이 있는 힘을 다하여 당신의 생일을 분명히 아름답게 해 줄 것입니다. 그것이 갇혀 있는 나에게 위로가 됩니다. 하! 오늘 힘들게 느껴지는 한 순간이 있었습니다. 마틸데가 3월 19일에 기차로 떠났다는 것을 알게 되었습니다. 나는 여느 때와 다름없이 우리 속 한 마리 짐승처럼 교도소의 벽을 따라 이리저리 습관적인 '산책'을 했지요. 나의 마음은 고통 때문에 경련이 일었습니다. 내가 이곳에서 떠날 수 없다는 사실이 고통이었지요. 오, 이곳에서 떠날 수만 있다면! 그러나 괜찮아요, 이 일로 약간 속상했지만 순응해야 했습니다. 마치 훈련된 개처럼 순종하는 것에 익숙해진 것 같습니다. 내 얘기는 그만하지요.

소니치카, 전쟁이 끝나면 우리 무엇을 하기로 했는지 아직도 기억하나요? 우리는 남쪽으로 여행하기로 했습니다. 우리는 여행을 해야 합니다. 나는 당신이 나와 함께 이탈리아로 여행하는 것을 꿈꾼다는 사실을 알고 있습니다. 그것이 당신에게 가장 최상이지요. 그러나 나는 당신을 코르시카로 데리고 가려고 계획하고 있습니다. 그것이 이탈리아로 가는 것보다 더 나을 것입니다. 그곳에서 우리 유럽을 잊읍시다, 적어도 현대의 유럽을. 위쪽에는 품위 있는 잿빛의 메마른 바위산 봉우리가, 아래쪽에는 풍요로운 올리브 나무와 오래된 밤나무만이 자란 산과 계곡이 그 단호한 윤곽을 드러내고 있는 널찍하고 숭고한 풍경을 생각해 보세요. 그 어떤 곳보다도 태고의 고요함을 간직한, 인적도 없고 새소리조차 들리지 않는 곳을요. 실개천이 돌 사이를 흐르고 정상의 바위틈으로 바람이 불고 있습니다. 오디세우스의 돛이 부풀어 올랐던 곳과 같은 풍경입니다. 그리고 당신이 사람들에게서 받은 인상은 이러한 풍경과 정확하게 일치합니다. 예를 들어 갑자기 오솔길의 모퉁이에서 카라반과 마주치겠지요. 코르시카 사람들은 항상 긴 행렬을 지어 길을 갑니다. 우리의 농부들처럼 한꺼번에 가지 않습니다. 앞에는 보통 개 한 마리가 달려가고, 염소 한 마리나 혹은 밤이 가득 담긴 짐을 실은 당나귀 한 마리가 걸어갑니다. 그리고 품에는 아이를 안고 옆으로 다리를 내린 여인을 태운 커다란 노새 한 마리가 그 뒤를 따릅니다. 마치 실측백나무처럼 날씬한 그녀는 움직이지 않고 꼿꼿하게 앉아 있지요. 그 옆으로 편안하고 확고한 자세를 한 수염투성이의 남자가 걸어가고 있습니다. 두 사람은 아무 말이 없습니다. 당신은 그것이 성가족이라고 맹세해도 좋을 것입니다. 당신은 그곳 어디를 가든 그러한 풍경들을 만날 수 있습니다. 나는 매번 너무도 감격하여, 마치 완벽한 아름다움 앞에 서 있듯이 무의식중에 무릎을 꿇으려 했었습니다. 그곳은 아직도 성경과 고대 그리스·로마 시대가 살아 있는 것 같습니다. 내가 예전에 했던 것처럼, 우리는 그곳으로 가야 합니다. 발밑에는 전체 섬이 가로질러 펼쳐져 있고 밤마다 다른 곳에서 휴식을 하게 될 것입니다. 일출시간에는 아침 인사를 하면서 가지요. 이것이 당신을 유혹하나요? 당신에게 이러한 세계를 보여 줄 수 있다면 나는 행복할 것입니다. 나의 귀여운 여왕 폐하!

아! 소니치카, 당신이 귀여운 여왕이라는 것을 절대로 잊지 말아요. 당신이 스스로 이 말을 나에게 했던 것으로 압니다. 그런데, 당신은 그것을 종종 잊고 스스로 '청소부'라고 비하하는 행동을 하는군요. 그래서는 안 됩니다. 당신은 이번에 4년 정도는 내면의 휴식 기간을 가져야 합니다. 카를이 당신은 그가 고개를 숙여야 할 귀여운 여왕이라는 사실을 알 수 있도록 말입니다. 그러기 위해서는 내면의 훈련과 자아 존중이 필요하고, 당신은 휴식하며 그것을 획득할 것입니다. 당신은 그런 사람입니다. 그리고 나는 당신을 사랑하고 존중해야 할 의무가 있습니다.

독서를 많이 하세요. 소니치카, 당신은 정신적으로 발전해야 합니다. 당신은 할 수 있습니다. 아직도 참신하고 가능성이 있습니다. 그리고 이제 글을 마쳐야겠군요. 세 명의 어린 아이들*이 당신의 품에 있도록 말입니다. 당신을 꼭 안겠습니다. 이런 날에도 명랑하고 편안하길.

*당신의 흐자*

소피 리프크네히트와 카를 리프크네히트, 그리고 카를의 첫 번째 결혼에서 얻은 세 자녀(1913)

---

\* 소피 리프크네히트는 카를 리프크네히트의 두 번째 아내이다. 카를 리프크네히트와 첫 번째 부인 율리아 리프크네히트(Julia Liebknecht)와의 사이에 세 명의 자녀가 있다.

추신: 다음번에 방문할 때는 카를이 나에게서 가져간 매콜리[8]

의 책을 보내 주세요.(타우흐니츠 출판사[9] 판입니다.)

인편으로. 교도소

# 나의 사랑하는 소니치카!

당신의 편지를 받고 정말로 기뻤습니다. 그러나 당신의 편지를 한 줄씩 읽을 때마다 드러나는 고통스러운 이야기가 나를 정말 슬프게 했습니다. 당신은 떠나야 합니다. 왜 능장을 피우지요? 왜 확고하고 명쾌한 결정을 내리지 못하나요? 당신의 상태에서는 하루하루가 죄를 범하는 것입니다! 한스 디펜바흐*가 충고하듯 아이덴바흐[10]로 가세요. 그는 그곳에서 정말 잘 회복했습니다.

당신이 카를을 면회하여 창살 뒤에 있는 그를 보았고, 그 일이 당신에게 어떤 영향을 주었는지를 말해 준 마르타**의 짧은 소식이 오랫동안 나에게 충격을 안겨 주었습니다. 당신은

---

* 한스 디펜바흐(Hans Diefenbach, 1884~1917): 슈투트가르트 의학박사이자 예비역 장교이다. 그는 로자 룩셈부르크의 가장 친한 친구 중 한 명으로 의사이다. 1917년 10월 유탄에 맞아 사망하였다. 그는 로자에게 자신이 아버지에게서 받은 5만 마르크의 유산을 남긴다는 유언을 작성하였다.
** 마르타 로젠바움(Marta Rosenbaum, 1873~1943): 독일의 정치인이자 사회주의자이며 기자이다. 로자 룩셈부르크의 친구이다.

왜 그 일에 대해 언급하지 않았나요? 당신에게 고통을 주는 모든 일에 관여할 권리가 나에게 있습니다. 나의 권리를 축소하지 말아요. 이 일은 10년 전 바르샤바의 성에서 있었던 형제들과의 첫 번째 재회를 생생하게 기억하게 합니다. 그곳에서는 철망이 쳐진, 이중으로 된 교도소에서 사람들을 면회하게 합니다. 즉 하나의 작은 교도소가 보다 큰 교도소 안에 있는 것입니다. 두 겹의 번쩍거리는 철창 사이로 사람들이 대화를 해야 합니다. 당시의 면회가 공교롭게도 6일 동안의 단식 투쟁 후에 이루어진 까닭에 나는 너무도 약해져 있어서, 기병대위(우리가 속해 있던 교도소의 사령관)가 나를 면회실로 부축해야 했었고, 나는 교도소의 철창을 두 손으로 꼭 잡았습니다. 이런 모양새 때문에 동물원에 있는 한 마리의 야생동물 같다는 느낌이 더욱 강해졌습니다. 우리는 대단히 어두운 방의 모퉁이에 있었고 동생은 얼굴을 철창에 바싹 갖다 대었습니다. "누나 어디 있어?" 그는 계속 질문을 했지만 서로 볼 수가 없어서 계속 안경에서 눈물만 닦았습니다. 카를이 그런 상황을 피할 수 있도록, 내가 지금 기꺼이 그리고 즐거운 마음으로 그곳 루카우 교도소에 있고 싶군요.

골즈워디의 책을 보내 준 펨페르트[11]에게 나의 진심어린 감사의 말을 전해 주어요. 그 책을 어제 끝까지 읽었고 대단히 기뻤지요. 『자산가』에서는 사회적 경향이 더 우위를 차지하기 때문에, 이 소설은 『자산가』보다 훨씬 덜 마음에 들기는 했습니다. 그러나 나는 이 소설에서 경향성보다는 예술적인 가치를 찾아봅니다. 골즈워디의 『형제애(Fraternity)』를 이러한 관점에서 보면, 그의 작품 세계는 정말이지 혼란스러울 정도로 재기가 넘칩니다. 당신도 그 작품에 놀랄 것입니다. 이 작품은 버나드 쇼[12]나 오스카 와일드[13]의 작품과 같은 스타일입니다. 영국의 지성인들은 세상의 모든 것에 미소를 지으면서도 의구심을 가지고 관찰하고 좌절하기도 하는, 섬세하지만 냉담한 인간의 일반적 타입이지요. 골즈워디가 그의 등장인물에 대해 무척 진지한 얼굴로 섬세하고 아이로니컬한 해설을 하는 것이 나를 아주 크게 웃게 만드네요. 좋은 교육을 받고 신분이 높은 사람들은 우스꽝스러운 모든 것을 언급하면서도 자신의 환경에 대해서는 조롱하는 일이 없거나 드문 편입니다. 진정한 예술가는 자신의 창조물들에 대해 절대로 빈정거리지 않는 것입니다. 제 말을 이해했나요? 소니치카, 그것은 위대한 문체로 표현된 풍자를 포함하고 있다는 뜻입니다. 예를 들어 게르하르트 하웁트만[14]의 『기독교광 에마누엘 크빈트(*Der Narr in Christo Emanuel Quint*)』는 현대 사회에 대한 잔혹한 풍자입니다. 풍자는 수백 년 동안 이어진 표현법이지요. 그러나 하웁트만 자신은 이에 대해 웃지 않습니다. 그는 마지막에 격분하여 반짝이는 눈물을 흘리는 눈을 크게 뜨고 있는 것입니다. 반대로 골즈워디의 문체는 저녁 만찬장에서 새로운 손님이 들어설 때마다 옆자리 손님의 귀에 그에 대한 조롱을 속삭여 주는, 그런 재치 있는 여담처럼 나에게 느껴집니다.

클라라*가 나에게 『자산가』에 대해 대단히 열광하며 편지를 보냈습니다. 그러나 세상을 혼자 헤쳐 나가기에는 너무 약한 데다 마치 짓밟혀진 꽃처럼 길가에 놓여 있는 이 매력적인 우리의 이레네**에 대해서는, ─당신과 나의 이레네─ 그녀의 판단은 너무도 청교도적이고 신랄합니다. 클라라는 '성과 소화기관'뿐이라는 그런 '여성들'에 대해서는 이해심이 부족합

---

\* 클라라 체트킨(Clara Zetkin, 1857~1933): 독일의 마르크스주의 이론가이자 여권 운동가이다. 그녀는 로자 룩셈부르크, 카를 리프크네히트와 함께 독일 사회민주당을 탈당하여, 독일 공산당의 전신인 스파르타쿠스단에 가담하였다.

\*\* 「이레네 포사이트의 운명(Das Schicksal der Irene Forsyte)」은 골즈워디의 드라마이다. 골즈워디의 『자산가』에 바탕을 둔 작품이다. 이레네는 부유한 유물론자인 솜스 돈사이트와 결혼한다. 그녀의 결혼생활은 불행하다. 그녀는 잘생긴 건축가 필립 보시니와 사랑에 빠진다. 남편이 그녀와 보시니와의 관계를 알게 되면서, 비극적인 결과가 초래된다.

니다. 어떻게 모든 여성이 선동가나 타이피스트, 전화교환수 같은 '유용한 인물'이 될 수 있겠습니까? 그리고 아름다운 여인들이 —아름다움에는 정말로 예쁜 얼굴뿐만 아니라 내적인 섬세함과 우아함도 속합니다— 우리의 눈을 기쁘게 하기 때문에, 바로 그 때문에 하늘의 선물이 아닌 것처럼 말합니다. 클라라가 미래 국가의 성문 앞 천사로서 불길에 싸인 검으로 이레네를 추방한다면, 나는 두 손 모아 그녀에게 빌겠습니다. 이레네가 아무것에도 도움이 되지 않는다 해도, 마치 벌새나 수선화처럼 지구를 장식하도록 그 연약한 이레네를 그냥 놔두어 달라고 하겠습니다. 나는 그러한 사치에 동의하는 것입니다.

그리고 소니치카, 당신은 사랑스러움이 그들이 존재할 수 있는 충분한 권리이기도 한 바로 그런 귀여운 여인들을 위해 나의 옹호자가 되어 주어요. 왜냐하면 당신 자체도 그것을 변호하는 존재이기 때문입니다.

오늘 다시 일요일입니다. 죄수나 외로운 이에게는 치명적인 날이지요. 나는 슬픕니다. 그러나 당신이나 카를은 그렇지 않기를 애타게 소원합니다. 언제 그리고 어디로 당신이 마침내 휴식을 위해 떠나가는지, 곧 편지를 보내 주어요.

진심으로 당신에게 포옹을 전합니다. 아이들에게도 안부 인사를 전해 줘요.

당신의 로자

펨페르트가 좋은 것을 나에게 선물해 줄 수 있을까요? 가능하면 토마스 만[15] 작품이라든지. 나는 그에 대해서는 아무것도 모릅니다. 그리고 하나의 청이 있습니다. 야외에서는 햇빛 때문에 눈이 너무 부시군요. 검은 점들이 있는 얇고 검은 베일 1미터를 편지 봉투 속에 넣어 보내 줄 수 있나요? 미리 감사의 인사를 보냅니다.

1917년
4월 17일

인편으로

사랑하는 소니치카

아름다운 아네모네를 보내 주었으니, 인사와 감사의 말을
될 수 있는 대로 빨리 적어 보냅니다. 며칠 안에 한 통의 편지
가 갈 것입니다. 당신이 저 아래에서 이곳보다 더욱 많은 온
기와 햇살을 가질 수 있기를 희망합니다.

진심으로 인사를 보냅니다.

당신의 로자

1917년
4월 19일

소니치카,
나의 작은 새여!

내용은 비록 슬픈 것이었지만, 어제 당신이 보내 준 엽서 때문에 정말로 기뻤습니다. 카를이 체포된 후에 당시 우리 둘이서 ―아직도 기억합니까?― 퓌어스텐호프 카페에서 웃음을 터뜨려 약간의 주목을 받았던 때처럼, 당신을 다시 웃게 할 수 있도록 지금 얼마나 당신 곁에 있고 싶은지! 이 모든 일에도 불구하고 말이지요! 그때가 얼마나 좋았던지. 날마다 이른 아침에 포츠담 광장에서 자동차 뒤를 쫓아가고, 키가 큰 느릅나무 아래 조용한 레어트가에 위치한 꽃이 만발한 동물원을 지나 교도소로 갔다가, 돌아오는 길에 퓌어스호프에서 내려 당신과 미미*가 5월의 화려한 쥐트엔데에 자리한 나의 집에 들어와서는, 하얀 식탁 옆에서 인내심을 가지고 나의 요리를 기다려 주었던 편안한 시간들(파리 스타일로 요리된 맛있는 강낭콩을 아직도 기억하나요?) 말입니다. 그리고 내가 당신 집의

---

* 미미(Mimi): 로자 룩셈부르크의 반려묘.

돌출창에 세워 두었던 괴테의 흉상과, 설탕에 졸인 과일 한 접시로 장식된 화분 받침, 무엇보다 태양이 계속 내리쪼이는 더운 날씨가 생생히 기억납니다. 그러한 날씨에도 우리는 정말로 기쁘게 봄을 느끼고 있었지요. 그리고 밤에 당신을 방문하면, 당신이 작은 방에서 말괄량이 같은 모습으로 식탁 옆에 서서 차를 따르며, 당신에게 잘 어울리는 정말로 사랑스러운 주부 역할을 하는 것을 얼마나 좋아했던지. 또 한밤중에는 향기 나는 어두운 거리를 지나 집까지 서로 배웅을 해 주었지요 (내가 당신을 집까지 배웅해 주었고요). 푸른 하늘을 배경으로 마치 오래된 기사의 성처럼 검고 가파른 윤곽을 지닌 경사진 지붕이 우리에게 다가섰던 쥐트엔데의 환상적인 달밤을 기억하나요? 소니치카, 나는 항상 당신 곁에 머물고 싶습니다. 당신과 수다를 떨거나 아무 말 없이 있기도 하면서 당신의 생각을 분산시키고 싶습니다. 당신이 확실치 않은 의심에 빠지지 않도록 말입니다. 당신은 우편엽서에서 질문했었지요? "왜 모든 일이 이렇지요?" 그렇습니다. 귀여운 이여, 예전부터 삶에는 고통, 이별 그리고 그리움 등 모든 것이 포함되어 있습니다. 사람들은 항상 이러한 일도 받아들여야 하고 이 모든 것을 아름답고 좋다고 생각해야 합니다. 나는 적어도 그렇게 하려고 노력합니다. 물론 억지로 짜낸 지혜가 아니라, 나의 천성에서 그렇게 하고 있습니다. 나는 본능적으로 그것이 삶을 받아들이는 유일하고 올바른 방법이라고 느끼고 있습니다. 그렇기 때문에 모든 상황에서도 정말로 행복하게 느끼고 있습니다. 나는 나의 삶에서 아무것도 놓치고 싶지 않고, 과거와 현재를 그 자체로 받아들입니다. 당신도 이러한 인생관을 갖도록 할 수 있다면….

당신이 카를의 사진을 보내 준 것에 감사의 인사를 하지 않았군요. 그것이 나를 얼마나 기쁘게 했는지 모릅니다. 정말로 당신이 나에게 줄 수 있었던 가장 아름다운 생일 선물이었습니다. 그것은 훌륭한 사진틀로 장식되어 내 앞의 탁자 위에 놓여 있습니다. 그래서 그의 시선이 도처에서 나를 뒤쫓고 있습니다(세워 놓은 위치에서 마치 사람들을 보는 것 같은 사진들이 있다는 것을 당신은 아실 것입니다). 사진은 정말로 잘 찍혔더군요. 러시아에서 온 소식에 카를이 지금 분명히 기뻐할 것입니다. 그러나 당신도 개인적으로 기뻐할 이유가 있어야 합니다. 이제 당신의 어머니에게로 가는 여행에 방해가 될 것은 없겠지요. 그것을 생각해 보았나요? 나는 당신 때문에 절실하게 태양과 온기를 원하고 있습니다. 이곳에서는 모든 것이 싹이 트기 시작하더니, 어제는 눈송이가 내렸어요. 쥐트 엔데의 '남쪽 풍경'은 어떤가요? 작년에 우리 두 사람은 그곳 울타리 앞에 서 있었습니다. 그리고 당신은 꽃의 풍요로움에 경탄했었지요.

이 조용한 곳은 내가 카를에게 알려 주었던 괴테의 봄의 시를 생생하게 기억하게 합니다. 당신들 두 사람은 아직 봄을 느끼지 못했을 것이란 생각이 드는군요.


언덕은 벌써 부드러워져

솟아오른다.

눈처럼 하얀 종꽃이

나풀거린다.

활짝 열린 샤프란은

강렬한 불꽃을 피우고

에메랄드 빛으로 싹트고 있다.

그리고 핏방울처럼 싹트고 있다.

앵초는 으스대고,

그렇게 되바라진

장난꾸러기 제비꽃도

숨느라 애쓴다.

모든 것이

움직이고 흔들린다.

즉, 봄은

봄은 활동하고 살아 있는 것이다.


정원에서 가장

풍요롭게 피어오르는 것은

그것은 귀여운 사랑의 마음.

항상 나를 향하는

타오르는 눈길

노래를 일게 하고

즐거운 말이 샘솟는다.

늘 열려 있는

꽃의 마음

진지함 속에도 정다움이

고통 속에도 순수한 그 마음.

여름이 장미와

백합꽃은 가져와도

그래도 여름도 사랑과 겨루는 것은

　　　아무 의미 없을 것이다.[16]


　당신은 후고 볼프[17]가 작곡한 '천상의 노래'를 알고 있나요?
고인이 된 나의 친구 파이스트[18]가 내 생일에 그 노래를 훌륭
하게 불렀지요.

　소니치카, 편지를 쓰는 일로 자신을 괴롭히지 마세요. 내가
자주 편지를 쓰겠습니다. 당신이 엽서로 간단한 안부 인사말
만 보내 주어도 나에게는 충분하고 완벽합니다. 밖으로 많이
외출하고, 식물을 채집하세요. 나의 작은 꽃 도감을 가지고
있나요? 편안하고 즐겁게 보내길 바랍니다. 사랑하는 이여.
모든 일이 잘될 겁니다. 두고 보지요!

　당신을 항상 많이 그리고 진심으로 포옹하겠습니다.


　　　　　　　　　　　　　　　당신의 로자

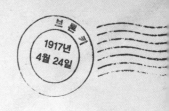

1917년
4월 24일

사랑하는 소니치카!

오늘은 당신에게 안부 인사와 질문만 하겠습니다. 기분은 어떤가요? 오늘 이곳은 아름다운 화창한 날입니다. 그곳도 그러하길 기대하겠습니다. 아이들*이 오늘 루카우에서 정말로 기분 좋은 엽서를 보냈습니다. 빌리도 서명하였군요. 그도 함께 있었나 봅니다. 당신은 19일에 보낸 나의 편지를 받았을 것입니다.

당신을 진심으로 포옹하겠습니다.

언제나 당신의 R,

---

\* 카를 리프크네히트는 두 아들 빌헬름과 로베르트, 그리고 딸 베라가 있다.

나의 사랑하는
귀여운 소니치카!

　당신의 귀중한 편지가 정확히 5월 1일 어제 나에게 도착했습니다. 편지와, 이틀 동안 빛난 태양이 상처 입은 나의 마음에 좋은 영향을 주었습니다. 나의 마음은 최근 며칠 동안 대단히 우울했지만, 다시 훨씬 나아졌습니다. 태양과 항상 함께할 수 있다면! 요즘은 거의 하루 종일 밖에 있으면서, 넘불 사이를 이리저리 거닐고 있습니다. 정원 구석구석과 온갖 보물들을 살펴봅니다. 그리고 들어 보세요. 5월 1일 어제 나를 방문했던 것은 ─누군지 맞추어 보세요─ 빛나는 생생한 노랑나비입니다! 나는 정말 행복하여 온 마음이 경련하는 듯했습니다. 나비는 나의 소매로 날아왔습니다. 나는 라일락색의 재킷을 입고 있었는데, 아마도 그 색이 나비를 유혹했던 것 같습니다. 그리고 팔랑거리며 높이 날아 담을 넘어갔습니다. 오후에 나는 여러 종류의 아름다운 새들을 보았습니다. 그중 하나는 꼬리 부분이 붉은색을 띤 진회색 새였고, 또 금빛 멧새 한 마리, 노란 회색을 띤 한 마리 나이팅게일을 보았습니다.

이곳에는 나이팅게일이 많이 있군요. 부활절인 오늘 아침 나는 처음으로 새소리를 들었습니다. 이제 그 새는 나의 정원에 있는 커다란 은백양나무 위로 날아옵니다. 나는 작고 예쁜 하늘색 상자에 담긴 작은 수집품 사이에 그 깃털들을 놓아둡니다. 베를린 바르님 거리의 안마당에서 발견한 다른 깃털들도 여기 가지고 있습니다. 비둘기와 수탉 그리고 쥐트엔데에서 발견한 놀랍도록 아름다운 어치의 하늘색 깃털을. 그 '수집품'은 대단히 보잘것없는 것이지만, 나는 즐겨 그것을 여러 번 봅니다. 내가 그 깃털을 누구에게 주어야 할지를 이미 생각해 두었습니다.

내가 산책하는 곳의 담 가까이에서 오늘 아침 일찍 숨겨진 한 송이 제비꽃을 발견했습니다. 그것이 나의 작은 정원에 핀 유일한 꽃입니다. 괴테의 시에서는 어떻게 표현되었지요?

> 초원에 피어 있는 한 송이 제비꽃,
> 머리 숙여 피어 있네. 이름 없는
> 작고 귀여운 제비꽃이여![19]

나는 너무도 기뻤습니다! 당신에게 제비꽃을 보내겠습니

다. 여기에 입맞춤을 하여 나의 사랑과 인사를 함께 담아 보냅니다. 그것이 아직도 깨끗한가요?

오늘 오후에 첫 번째 벌을 만났습니다. 그것은 허리 부분에 황금색으로 빛나는 검은 털을 지닌, 처음 보는 아주 큰 벌이었습니다. 그 벌은 낮은 소리를 내며 윙윙거리다가 나의 재킷을 향해서 날아왔습니다. 그리고 큰 곡선을 그리며 안마당을 가로질러 갔습니다. 밤나무의 꽃봉오리가 아주 크고 붉은색을 띠고 있는 데다 수액은 광채가 나니, 며칠 안에 손 모양처럼 보이는 작은 초록빛 잎사귀가 솟아날 것입니다. 작년에 우리가 어린잎이 돋아난 밤나무 앞에 서 있었던 것이 기억나나요? 당신은 묘한 절망감을 느끼고 소리 질렀지요? "로-자! (당신은 나보다 더 날카롭게 R을 발음하지요.) 이제 어떻게 할까요? 사람들은 즐거울 때 무엇을 해야 하지요?"

그리고 오늘 또 하나의 발견이 나를 행복하게 했습니다. 기억하나요? 내가 작년 4월에 온전한 콘서트를 개최했던 나이팅게일의 노랫소리를 듣기 위해, 아침 10시에 급하게 전화해 당신 두 사람을 식물원으로 빨리 오라고 했던 것을. 우리는 졸졸 흐르는 작은 샘물 옆 짙은 덤불 속에 조용히 숨어서는 돌 위에 앉아 있었지요. 나이팅게일의 소리가 들리고 난 뒤,

우리는 갑자기 단조롭고 서럽게 우는 노랫소리를 들었지요. 그것은 "글릭글릭글릭글릭" 하고 소리를 냈습니다. 나는 그 소리가 마치 늪 새나 물새 소리 같다고 말했지요. 그러자 카를도 그렇다고 동의했고요. 그런데 우리는 그것이 무엇인지 완전히 밝혀내지는 못했지요. 나는 며칠 전 아침 일찍 근처에서 갑자기 그와 똑같은 소리를 들었어요. 그래서 나의 마음은 아침 내내 그것이 무엇인지 알고 싶어 조바심으로 두근거렸지요. 나는 오늘 그것을 알아내기까지 편치 않았습니다. 그것은 물새가 아니라 개미잡이였고, 잿빛 딱따구리의 일종이었습니다. 그것은 참새보다 약간 큰데, 위험에 처하면 우스꽝스러운 태도를 보이거나 고개를 숙여 적들을 놀라게 해서 그런 이름을 가지고 있는 것입니다. 그것은 마치 큰개미핥기처럼 끈적끈적한 혀로 개미를 잡아먹고 삽니다. 그래서 스페인 사람들은 이 새를 오르미구에로(개미잡이 새)라고 부릅니다. 뫼리케[20]가 이 새에 대한 아주 멋진 풍자시를 만들었고, 후고 볼프 역시 음악을 작곡했지요. 슬퍼하는 소리를 내는 그 새가 어떤 새인지 알게 된 후로 나는 마치 선물을 받은 것 같습니다. 이 이야기를 카를에게 적어 보낼 수 있나요? 그가 기뻐할 것입니다.

내가 읽는 책들은 주로 자연과학 책입니다. 즉 식물 지리학, 동물 지리학 등등입니다. 어제 나는 독일에서 새들이 감소하는 원인에 대해 읽었습니다. 더욱 합리적인 산림경영, 정원 문화와 농경지의 증가가 새들에게서 모든 자연의 안식과 자양분이 되는 조건을 ―텅 빈 나무, 황무지, 덤불, 정원 바닥의 시든 잎사귀를― 단계적으로 없애고 있기 때문이라는 것입니다. 책을 읽으면서 너무 마음이 아팠습니다. 나에게는 인간을 위한 노래는 문제가 아닙니다. 이 저항할 수 없는 작은 창조물이 은밀하게 지속적으로 몰락하는 현상이 나를 너무도 고통스럽게 하여, 나는 울지 않을 수 없었습니다. 이것은 내가 취리히에서 읽었던, 러시아의 지버 교수가 쓴 북아메리카 인디언의 몰락에 대한 저서를 기억나게 했습니다. 그들은 문명인들 때문에 점차적으로 자신들의 땅에서 추방되거나 조용히 고통스럽게 희생되었던 것입니다. 나는 정말로 몸이 아픈 상태여서 그런지, 모든 것에 너무 깊게 충격을 받았습니다. 혹시 알고 있나요? 나는 나 자신이 인간이 아니고, 뭔가 잘못되어 인간의 모습을 하게 된 새 혹은 다른 동물일지도 모른다고 느낍니다. 마음속으로 나는 전당대회보다는 이곳 작은 정원이나 혹은 고향의 들에 있는 벌들과 목초에 속해 있는 것이 더 자연스럽게 느껴지는 것입니다. 당신에게는 침착하게 모든 것을 말할 수 있습니다.

당신이 곧 사회주의에 대한 제 배신의 낌새를 감지하지 않을까요? 아직까지는 제가 전방 초소, 즉 거리의 전쟁터나 혹은 교도소에서 죽기를 희망한다고 알고 있을 테지요. 그러나 나는 속으로 '동지들'보다는 박새들에 속한다고 생각합니다. 많은 파산한 정치인들처럼 자연에서 피난처나 휴식을 찾기 때문은 아닙니다. 오히려 나는 자연에서 훨씬 더 두려운 것을 발견하여 고통스럽습니다. 예를 들어 나는 다음과 같은 작은 체험을 잊을 수가 없습니다. 작년 봄에 나는 들을 산책했고, 텅 빈 고요한 거리를 걸었지요. 그때 바닥의 검고 작은 얼룩이 눈에 띄었습니다. 나는 고개를 숙이고 소리 없는 비극을 보았습니다. 작은 개미 한 무리가 커다란 말똥구리를 에워싸고 그의 몸을 산 채로 뜯어 먹는 동안, 그는 뒤로 누워 어찌할 바를 모르고 다리를 저으며 저항하고 있었습니다. 나는 섬뜩함을 느끼고, 노트를 끄집어내 그 잔인한 악마들을 쫓아내기 시작했습니다. 그러나 그들은 너무 저돌적이었고 끈질겼습니다. 나는 그들과 오랫동안 싸워야 했습니다. 내가 마침내 그 불쌍한 순교자를 해방시키고 멀리 풀 위에 올려놓았지만 두 다리는 이미 먹히고 말았습니다⋯. 나는 결국에는 말똥구리에게 별 도움이 되지 않는 호의만 베풀었다는 고통스러운 느낌을 가지고 뛰어갔습니다.

이제 저녁의 긴 황혼의 시간이 되었습니다. 내가 이 시간을 얼마나 사랑하는지 모릅니다. 쥐트엔데에서는 많은 지빠귀를 보았었는데, 이곳에서는 아무리 귀 기울여도 지빠귀 소리를 들을 수가 없군요. 겨울 내내 나는 두 마리에게 먹이를 주었는데, 이제 그 새들은 사라져 버렸습니다. 그곳에서는 저녁이 시간대에 거리를 산책하곤 했지요. 황혼의 마지막 보라색 햇빛 속에 가스등의 장밋빛 불꽃이 갑자기 번쩍일 때, 아직 약간은 부끄러워하는 듯 서먹해 보이는 풍경은 정말 아름다웠습니다. 늦은 시간에 거리에서 무엇인가를 사려고 재빨리 빵집이나 상점으로 달려가는 관리인들이나 하녀의 희미한 모습들이 지나가곤 했지요. 나와 친했던 구두 수선공 아이들은 누군가가 집으로 오라고 힘껏 부를 때까지 어두운 거리 모퉁이에서 놀았습니다. 그 시간에는 항상 지빠귀가 있었습니다. 그 새들은 한시도 가만히 있지 않고 마치 장난꾸러기 아이처럼 갑자기 날카롭게 울기도 하고, 잠에서 깨어 종알대거나 나무 사이를 시끄럽게 날아다니기도 했습니다. 그리고 그때 나는 거리 한가운데 서서 첫 번째로 뜨는 별들을 세었고, 부드러운 미풍이 불고 낮과 밤이 부드럽게 서로 꼭 어울렸던 황혼녘에는 집으로 돌아가고 싶지 않았습니다.

소니치카, 내가 곧 다시 편지를 쓰겠습니다. 편안하고 즐겁게 지내요. 모든 것이 잘될 것입니다. 카를도 그렇게 되겠지요. 당신의 집안 걱정 때문에 나는 마틸데에게 편지를 쓸 겁니다. 그리고 어떻게든 할 수 있는 일을 할 것입니다. 다음 편지까지 안녕히 계세요. 나의 사랑하는 작은 새여!

나는 당신을 포옹하겠습니다.

당신의 로자

소니치카,

당신에게 『포화(Le Feu)』[21]라는 책을 보냈었는데, 등기로 보내는 것을 잊었습니다. 책을 받았다는 소식을 보내 주세요. 당신과 모친과의 재회는 불가능하다고 보지 않습니다. 당신의 어머니가 외국으로 가는 것을 러시아 측에서 방해하지 않을 것이 확실합니다. 그녀는 스웨덴이나 스위스로 가실 수 있을 것입니다. 딩신 역시 어머니를 만날 수 있는 중립국의 비자를 분명 얻을 것입니다. 무엇보다도 당신의 어머니가 이번 여행을 할 수 있도록 노력해 보세요. 어머니의 건강이 어떠신지, 과로하셔도 되는 상황인지 나는 잘 모르겠군

연설하는 로자 룩셈부르크(1907)

62

요. 그 일에 대해 알려 주세요. 5월 1일부터 이곳에는 햇살이 많이 비추고 있네요. 다만 일요일인 오늘은 바람이 불고 추웠습니다.

나는 진심을 다해 당신을 포옹하겠습니다.

당신의 로자

1917년
5월 19일

나의 가장 사랑하는
소니치카


나는 어제 당신에게 우편엽서를 썼습니다. 그러나 대단히
절박한 일이라 오늘 다시 편지를 쓰려고 합니다. 그리고 당
신이 이 편지를 제때에 받길 기원합니다. 마틸데가 우연히
당신이 이달 말에 베를린으로 돌아가려고 한다는 말을 전했
습니다. 이 말이 맞는지요? 그렇다면 나는 힘껏 그것을 반대
하겠습니다. 당신이 나를 소중하게 생각하고 좋아한다면 결
단코 그 일은 하지 말라고 부탁하겠습니다. 벌써 집으로 간
다는 것은 정말로 완전히 미친 짓입니다. 당신은 길고 지속
적인 치료만이 어떤 성과를 보장해 줄 수 있는 상태에 있습
니다. 내가 잘못 이해하지 않았다면 당신의 최근 편지는, 아
주 작아 거의 알아차리지 못할 정도의 회복이 있었고 다만
약간의 원기와 쾌활함을 찾았다고 말해 주는데, 나는 그 말
을 듣고 진심으로 기뻐했었지요. 그러나 어쨌건 그것은 보잘
것없는 첫 번째 시작일 뿐입니다. 당신이 지금 베를린으로
되돌아간다면, 이 작은 성과가 2주 안에 사라져 버릴 것입니

다. 그리고 모든 것이 예전 그대로가 되겠지요. 당신의 회복을 위해서는 몇 달이 필요합니다. 당신이 슈투트가르트의 호텔에서 많은 시간을 잃어버렸기 때문에 더욱 그런 것입니다. 짧은 체류를 위한 이번 여행은 아무 도움이 되지 않을 것입니다. 아이들과 집에 오랫동안 머물려 한다면, 두 달 정도는 괜찮겠지요. 당신이 6월과 7월까지 계속 머물러 있으려 한다면 나는 찬성합니다. 그러나 카를을 방문하기 위해 이 중요한 치료를 중단할 이유가 없습니다. 더 정확히 말하자면 이것은 치료의 성과를 완전히 무너뜨리는 것입니다. 그러니 제발, 소니치카, 내 말을 듣고 그대로 머물러 계세요. 내가 당신, 카를 그리고 아이들에게 좋은 의도로 말한다는 것을 알 것입니다. 당신은 나의 충고를 믿어도 됩니다. 어떻게 결정을 내렸는지 나에게 곧 편지 보내 주세요. 그 문제가 나를 불안하게 합니다.

지금 이곳은 정말로 아름답습니다. 모든 것이 푸르고 꽃이 만발했습니다. 떡갈나무들에는 정말로 싱싱하고 훌륭한 잎 장식이 달려 있습니다. 블랙 커런트 열매에는 노란색의 작은 별이 생겼고, 붉은빛 잎사귀가 달린 버찌 나무는 벌써 꽃이 피는 데다 서양 갈매나무도 곧 꽃이 필 것 같습니다. 나는 오늘 나를 방문했던 루이제 카우츠키*와 헤어질 때 물망초 한 다발과 팬지를 받았습니다. 그녀가 직접 심어 주었는데, 두 개의 둥근 화단과 그 사이에 자리 잡고 있는 직선으로 된 화단에 물망초와 팬지를 번갈아 심었습니다. 모든 일이 그렇게 진행되었고, 나도 내 눈을 믿을 수가 없었습니다. 나는 내 생에서 처음으로 식물을 심었고 모든 것이 잘되었습니다. 곧 성령강림절에는 내 창문 앞에 많은 꽃이 피어 있을 것입니다. 지금 이곳에는 많은 새로운 새들이 날아오고, 나는 이전에는 한 번도 보지 못했던 새를 매일 한 마리씩 알게 됩니다. 아, 기억하나요? 우리가 카를과 식물원에서 아침 일찍 나이팅게일의 소리를 들었던 것을. 우리는 잎이 없는 아주 큰 나무를 보았지요. 그 나무에는 하얀색으로 빛나는 작은 꽃들이 아주 많이 달려 있었어요. 우리는 그것이 무엇인지 골똘히 생각했지요. 그것이 과일나무가 아닌 것은 확실했기 때문입니다. 그리고 꽃들도 약간은 독특했습니다. 이제야 나는 그것이 은백양나무인 것을 알았습니다. 하얀색으로 빛나는 작은 꽃들

---

* 루이제 카우츠키(Luise Kautsky, 1864~1944): 독립 사회민주당의 지도자 카를 카우츠키(Karl Kautsky)의 아내이다.

은 사실 꽃이 아니고 어린잎이었습니다. 은백양나무의 성장한 잎은 아래 부분은 희고, 윗부분은 진초록색입니다. 그러나 어린잎은 양면으로 하얀 솜털이 덮여 있고, 태양 속에서 마치 하얀 꽃처럼 빛을 발합니다. 그런 은백양나무가 여기 나의 작은 정원에 있습니다. 모든 지저귀는 새들이 그 나무 위에 즐거이 앉아 있습니다. 그날 밤 당신들 두 사람이 나의 집에 있었지요. 아직도 기억이 나나요? 그때는 정말 아름다웠습니다. 우리는 무엇인가를 낭독했습니다. 우리가 헤어졌던 한밤중에 ─발코니의 열린 문을 통해 재스민 향이 나는 천상의 바람이 흘러들어 올 때─ 나는 내가 정말 좋아하는 스페인 노래를 당신들을 위해 낭독했었습니다.

세상을 창조하였던 자 축복받으라,

그가 창조하였던 것은 모든 면에서 얼마나 훌륭한지,

그는 끝없이 깊은 땅이 있는 대양을 창조하였다.

그는 지나가는 배들을 창조하였다.

그는 영원한 빛이 있는 낙원을 창조하였다.

그는 대지를 창조하였고─

그리고 그대의 얼굴을 창조하였도다! …

아, 소니치카, 당신이 볼프의 노래집에서 이 노래를 듣지 않았다면, 얼마나 많은 빛나는 열정이 이 소박한 두 개의 끝 말에 담겨 있는지 알지 못할 겁니다.

내가 이 편지를 쓰는 동안, 커다란 벌이 방안으로 날아와 윙윙거리는 소리가 방안 가득 찼습니다. 부지런함과 여름 더위와 꽃의 향기를 진동시키는 깊은 생의 기쁨이 이 풍부한 소리에 담겨 있다는 것이 얼마나 아름다운지요.

소니치카, 즐겁게 지내길 바랍니다. 그리고 곧, 곧 편지를 써 주세요. 너무도 그립습니다.


당신의 로자

1917년
5월 23일

소니치카,

친구여, 당신의 마지막 14일자 편지(그런데 우편 소인은 18일로 되어 있네요)가 이곳에 도착했습니다. 그날 나도 편지를 부쳤습니다. 봄에 다시 당신과 함께할 수 있게 되어 대단히 기뻤습니다. 그리고 당신에게 오늘 진심 어린 성령강림절 인사를 보내고 싶군요.

괴테의 『여우 라이네케(*Reineke Fuchs*)』[22]는 "성령강림절, 기분 좋은 축제가 돌아왔다"로 시작합니다. 당신도 이날 조금은 행복하게 보내길 바랍니다. 작년 성령강림절에 우리는 마틸데와 함께 리히텐라데[23]로 소풍을 갔었지요. 그곳에서 나는 카를에게 이삭과, 자작나무 꽃이 가득 핀 가지를 꺾어 주었지요. 저녁에 우리는 마치 '라벤나의 세 명의 고귀한 여인'*처럼 손에 장미를 들고 쥐트엔데 들판을 거닐었습니다.

여기에는 아직도 라일락이 피어 있는데, 오늘은 유독 활

---

* 이 작품은 이탈리아의 라벤나에 있는 산 비탈레(San Vitale) 사원의 황금색 모자이크 중 황후 테오도라와 그녀의 수행원들을 의미하는 것으로 추측된다.

짝 피었습니다. 날이 너무도 따뜻해 가벼운 모슬린 옷을 입어야 했습니다. 태양빛과 따뜻한 날씨에도 불구하고 나의 작은 새들은 점차로 조용해지고 있습니다. 새들은 모두 부화에 신경을 쓰고 있습니다. 암컷은 둥지에 앉아 있고, 수컷은 자신과 암컷의 먹이를 위해 '모든 부리' 가득 일을 해야 합니다. 어떤 새들은 들판이나 더 큰 나무 위에 둥지를 틀거나, 나의 작은 정원에 조용히 있기도 합니다. 여기저기 나이팅게일이 짧게 소리 내어 울고 있고, 초록빛 새가 부스럭 소리를 내고 있습니다. 저녁 늦게는 한두 번 되새가 소리 내어 울곤 합니다. 나의 박새들은 더 이상 보이지 않습니다. 어제 갑자기 곤줄박이가 나에게 짧게 인사했습니다. 그래서 정말 깜짝 놀랐지요. 곤줄박이는 박새와 같은 텃새가 아니고 3월 말에야 우리에게 오는 종류입니다. 그 새는 나의 창가 근처에 내내 머무르다가 먹이를 찾으려고 다른 새들과 날아가면서 "지지배배" 하고 열심히 노래를 부릅니다. 그러나 멀리서는 장난꾸러기 어린아이 소리처럼 들립니다. 나는 매번 웃음으로 그 새에게 화답했습니다. 그러다가 5월 초에 밖의 어디에선가 부화하기 위해서 다른 새들과 사라졌습니다. 나는 몇 주 동안 그 새들을 보지도 못하고, 우는 소리도 듣지 못했습니다. 그런데 어제 갑자기 우

리의 안마당과 다른 교도소를 구분하는 담 위 저 멀리에서 새
가 우는 소리가 들려왔습니다. 그러나 완전히 소리가 달라졌
던 것입니다. 그 새는 짧게 그리고 급하게 세 번 소리를 내며
울었습니다. "지지배배-지지배배-지지배배" 그러고 나서 다
시 조용해졌습니다. 마음이 흠칫했습니다. 이것이 새에 대한
아주 짧은 이야기입니다. 그리고 멀리서 급하게 노래하는 소
리가 들려왔습니다. 그것은 하루 종일 노래하고 유혹했던, 이
른 봄 사랑의 구애를 했던 아름다운 시절을 기억하는 곤줄박
이의 소리였습니다. 그러나 지금은 하루 종일 자신과 가족을
위해 파리와 모기를 모으는 것이지요. 그리고 잠시 예전을 기
억하는 것이지요. "나는 시간이 없어-아, 예전에는 아름다웠
지-봄은 금방 지나가-지지배배-지지배배-지지배배!" 소니
치카, 이렇게 많은 표현이 담겨 있는, 새의 작은 울음소리가
나를 깊게 감동시킬 수 있다고 생각해 보아요. 최고의 지혜를
위해 실러[24]의 책과 함께 성경을 지니고 있던 나의 어머니는
굳게 그리고 확실하게 솔로몬왕은 새들의 언어를 이해했다고
믿었습니다. 15살 때 우월감과 현대의 자연과학적 교양을 갖
추고 있던 나는, 당시에는 어머니의 순박함에 대해 웃었지요.
그런데 이제 나 스스로가 솔로몬왕과 같습니다. 나 역시 이제

71

모든 새들과 짐승들의 언어를 이해합니다. 물론 새들이나 짐승의 언어가 인간의 말과 같지는 않아도, 그들의 소리에서 나는 여러 다른 뉘앙스나 감성을 이해하는 것입니다. 냉담한 인간의 거친 귀에는 새의 노래가 항상 똑같이 느껴지겠지요. 인간이 짐승들을 사랑하고 그들에 대한 이해심을 가진다면, 사람들은 표현의 다양성을, 즉 전체 '언어'를 발견하게 될 것입니다. 그러므로 이른 봄의 소음 뒤 일반적인 침묵 또한 표현이 가득 담겨 있는 것입니다. 내가 가을에 여기 있게 된다면 십중팔구 그렇게 느낄 것이라고 생각합니다. 그리고 나의 모든 친구들이 다시 돌아와 창문에서 먹이를 찾을 것입니다. 특별히 나와 친구가 된 박새를 기쁘게 기다립니다.

소니치카, 당신은 내가 오랫동안 구금되어 있는 데에 분노하면서 질문했지요. "어떻게 사람이 다른 사람에 대해 결정할 수 있나요? 이 모든 것이 왜 그렇지요?" 그러나 용서하세요, 나의 친구여, 나는 책을 읽으며 크게 소리 내어 웃을 수밖에 없었습니다. 도스토옙스키의 『카라마조프가의 형제들(Bratya Karamazovy)』에 등장하는 호흘라코바 부인도 바로 그러한 질문을 했기 때문입니다. 그녀는 다른 사람이 대답하기도 전에, 끊임없이 사회 속에서 이 사람 저 사람을 둘러보았다가 또 다른 이에게 달려가지요. 나의 작은 새여! 어림잡아 2천 년의 역사를 가진 인류의 전체 문화사는 '다른 사람에 대한 인간의 결정'에 바탕을 두는 것이고, 실제 삶의 조건에 깊은 뿌리를 두고 있는 것입니다. 발전은 고통스럽지만 이런 상황을 변화시킬 수 있습니다. 우리는 이러한 고통이 가득 찬 사건의 증인들인 것입니다. 그리고 당신은 질문했지요? "왜 이 모든 것이 그러하지요?"라고. '왜'란 것은 삶의 총체성과 구조를 위한 개념이 아닙니다. 왜 세상에 곤줄박이가 있나요? 나는 정말로 모르겠습니다. 그러나 우리에게 갑자기 멀리서 담 너머로 "지지배배" 소리가 들려온다면, 그런 것이 있어서 기쁘고 그것으로 달콤한 위로를 느끼는 것입니다.

당신은 나의 '명석함'을 과대평가하고 있습니다. 나의 평정심과 행복은 나를 덮친 아주 가벼운 그림자 때문에도 무너져 버릴 수 있기에, 나는 말할 수 없는 고통을 겪으면서도 나만의 특성을 유지하려 노력합니다. 그래서 글자 그대로 침묵하는 것입니다. 소니치카, 나는 한마디도 할 수 없습니다. 예를 들어 최근에 나는 너무도 기분이 좋고 행복한 상태로 태양빛을 즐기고 있었습니다. 그런데 월요일에 갑자기 얼음 같은 폭풍우가 나를 사로잡았습니다. 나는 '왜' 그리고 '무엇 때문인

73

지'를 알 수 없었습니다. 나의 빛나는 명랑함은 갑자기 깊은 비탄으로 바뀌었고 나의 영혼 속 행복은 사람이 되어 갑자기 내 앞에 섰습니다. 나는 어떤 소리도 낼 수 없었고 조용히 쳐다보며 나의 의구심을 털어놓았습니다. 가끔은 정말로 말하고 싶은 유혹이 있었지만, 몇 주 동안 나 자신의 목소리를 들을 수 없었습니다. 이것이 나의 미미를 이리로 데리고 오지 않은 용감한 결정을 내리게 된 이유입니다. 이 고양이는 명랑함과 삶에 익숙해 있고, 내가 노래 부르거나 웃거나 함께 방 안에서 잠기 놀이를 하는 것을 좋아합니다. 여기에서는 미미도 우울해질 것입니다. 나는 미미를 마틸데에게 맡겨 놓았고 그녀는 며칠 안에 나에게 올 것입니다. 그러면 다시 기운을 차릴 수 있을 것이라 기대해 봅니다. 아마도 성령강림절은 나에게 '즐거운 축제'가 될 것입니다. 소니치카, 즐겁고 평온하세요. 모든 것이 잘될 것입니다. 나를 믿으세요. 카를에게 안부 전해 주어요. 나는 여러 번 당신을 포옹하겠습니다.

아름다운 그림을 보내 주어서 감사합니다.

당신의 로자

1917년
6월 1일

소니치카,

… 난초들은 전반적으로 내가 잘 압니다. 멋진 프랑크푸르트 온실의 한 칸이 온통 난초들로 가득 차 있습니다. 내가 일년을 투쟁했던 소송이 끝난 후, 난초들에 대해 여러 날 열심히 연구했습니다. 우아하고 환상적이고 비현실적인 형태를 가진 난초들이 약간은 세련되고 퇴폐적이라는 것을 나는 알게 되었습니다. 나에게 난초들은 정말로 화장을 진하게 한 로코코 시대의 후작 부인처럼 여겨집니다. 나의 천성에 따라, 퇴폐적이고 비정상적인 모든 것에 거부감을 가지고 있는 내면에서는, 반항심과 어떤 불안감을 느끼면서도 경탄하고 있었습니다. 그렇지만 역시나, 태양의 색을 지니고서도 태양빛에 감사해하듯 활짝 피었다가, 조금이라도 그늘이 드리우면 다시 수줍게 지는 소박한 민들레를 보는 것이 훨씬 더 즐겁지요.

요사이 밤과 저녁은 정말 멋있네요! 어제는 설명할 수 없는 마법이 모든 것을 덮고 있었어요. 모호한 색의 줄무늬가 그려진, 빛나는 오팔색의 태양이 지고 난 뒤 늦은 시간의 하늘은, 화가가 낮에 열심히 작업한 뒤 휴식을 위해 큰 동작을 취하며 물감을 닦아 내는 거대한 팔레트처럼 고른 색을 띠고 있었습니다. 대기 중에는 소나기가 오기 전의 무더위가 느껴졌고, 약간의 불안한 긴장감이 느껴졌습니다. 즉 덤불들은 미동도 하지 않고 나이팅게일 소리도 들리지 않았는데, 작은 머리를 가진 검은 새가 가지를 스치고 가면서 지칠 줄 모르고 날카롭게 소리 내어 울었습니다. 모든 것이 무엇인가를 기다리는 것 같았습니다. 나는 창가에 서서 기다렸습니다. 그러나 무슨 일인지 알 수 없었지요. 6시에 '감금'이 되면 그 이후에 나는 하늘과 대지 사이에서 아무것도 기다리면 안 되는 것입니다….

로자

1917년
6월 3일

일요일 아침

소니치카,

내가 어디에 있는지, 어디에서 이 편지를 쓰는지 아나요?
바로 정원입니다. 나는 작은 책상을 끄집어내 와서, 초록 덤
불 사이에 마치 숨은 듯 앉아 있습니다. 나의 오른쪽에는 정
향의 향기가 나는 노란색의 커런트가, 왼쪽에는 쥐똥나무 덤
불이, 머리 위에는 단풍나무와 어리고 날씬한 떡갈나무가 그
넓은 초록빛 가지를 넓게 펼치고 있고, 내 앞에는 크고 진지
하며 부드러운 은백양나무가 흰 잎들로 천천히 살랑거리는
소리를 내고 있습니다. 내가 쓰는 편지지 위에는 햇빛의 밝고
둥근 테두리와 나뭇잎들의 경쾌한 그림자가 어른거리고 있습
니다. 비에 젖은 잎에서 빗물이 가끔 내 얼굴과 손 위로 떨어
지고 있습니다. 교도소 교회에서 사람들이 예배를 드리고 있
습니다. 나지막한 오르간 소리가 나무들의 살랑거리는 소리
와 새들의 밝은 합창소리에 섞여 들려옵니다. 오늘은 모든 것
이 즐겁군요. 멀리서 비둘기 소리가 들려옵니다. 얼마나 아름
다운지, 나는 너무도 행복합니다. 사람들은 여름의 풍요로움

과 삶의 도취가 가득한 세례 요한의 축일을 이미 느끼고 있습니다. 바그너의 오페라 「뉘른베르크의 명가수(Die Meistersinger von Nürnberg)」에 나오는 각양각색의 사람들이 "요한의 축일입니다, 요한의 축일이에요!" 하며 손뼉을 치는 민중 장면을 아나요? 그러고는 모두가 갑작스럽게 소박한 왈츠를 추는 것으로 시작하지요. 사람들은 이러한 날에는 즐거운 분위기를 가질 수 있을 겁니다.

내가 어제 경험했던 것이 무엇인지 아나요? 그 이야기를 당신에게 해 드리지요. 오전에 나는 욕실 창가에서 큰 공작나비를 보았습니다. 그것은 며칠 전부터 이 안에 있었던 것 같았는데, 단단한 조각에 맞은 듯 힘없이 펄럭이고 있었지만 날개에서 아직도 미약한 생명을 느낄 수 있었습니다. 그것을 보고 나는 떨면서 초조하게 다시 옷을 입었습니다. 그리고 창가로 기어 올라가 조심스럽게 그것을 잡았지요. 나비는 더 이상 저항하지 않았습니다. 이미 죽은 것 같았습니다. 나는 그것이 다시 정신 차리게 하기 위해, 창 앞에 있는 벽의 돌림띠 위에 놓아두었습니다. 그리고 그 옆에 있었지요. 그때 공작나비의 삶의 불꽃이 약하게나마 일더니 곧 다시 조용해졌습니다. 그래서 나는 그가 먹을 수 있도록 더듬이 앞에 활짝 핀 꽃

몇 송이를 놓아두었습니다. 바로 그때 창문 앞에서 새 한 마리가 밝고 용감하게 노래를 불렀고, 그 소리가 울려 퍼졌습니다. 나도 모르게 크게 소리 질렀지요. "작은 새가 즐겁게 노래 부르는 것을 들어 봐, 그러면 너의 생명도 되돌아올 거야!" 나는 거의 죽은 것 같은 공작나비에게 이러한 요구를 하면서 웃지 않을 수 없었습니다. '아무 의미 없는 말이지'라고 나는 생각했어요. 그런데 아니었어요. 반 시간 뒤에 나비는 회복하여 약간씩 이리저리 움직이더니 마침내 서서히 날기 시작했습니다. 이렇게 생명을 구조한 것이 얼마나 기뻤는지 모릅니다. 이것이 내가 체험한 것이었습니다.

오후에 나는 자연스럽게 다시 정원으로 갔습니다. 그곳은 아침 8시부터 12시까지(식사 시간에 나를 부를 때까지) 그리고 다시 3시부터 6시까지 내가 햇볕이 나오기를 기다리는 곳입니다. 그리고 어제 그 나비가 다시 보일 것 같은 느낌이 있었습니다. 그러나 그 나비는 보이지 않았고 나는 슬퍼졌지요. 나는 정원 이리저리 돌아다녀 보았고 가벼운 바람이 불자 아주 독특한 것이 보였습니다. 은백양나무에서 무르익은 버들강아지의 솜털이 주위에 흩어지면서 대기 전체가 솜털로 가득 찼고, 그 솜털이 땅과 전체 앞마당을 덮었습니다. 은빛 솜털이 날리는 것은 비현실적인 느낌이었습니다. 은백양나무의 꽃은 다른 모든 버들강아지들보다 늦게 핍니다. 씨앗이 날리는 덕분에 은백양나무의 꽃도 사방으로 넓게 퍼져, 그 작은 새싹들은 담의 틈새와 돌 사이에 마치 잡초처럼 돋아났습니다.

　나는 여느 때처럼 6시에 교도소 안으로 다시 되돌아왔습니다. 그리고 창문에 머리를 살짝 대고 우울하게 앉아 있었습니다. 꽤 무더웠기 때문입니다. 그리고 위를 올려다보았는데, 파스텔톤의 푸른색 바탕에 흰색을 띤, 솜털처럼 부드러운 구름 아래로 현기증이 날 정도로 높은 곳에서 씩씩한 제비가 주위를 바쁘게 움직였고, 그 예리한 날개로 허공을 가위로 자르는 것 같았습니다. 그리고 곧 하늘이 어두워졌습니다. 모든 것이 잠잠해지더니 폭풍우가 몰아치고, 격렬한 폭우와 함께 짧고 강렬한 뇌우가 내리치더니, '꽝' 하는 천둥소리가 두 번이나 들려왔습니다. 이에 모든 것이 진동했습니다. 그리고 잊을 수 없는 하나의 광경이 펼쳐졌습니다. 폭풍우는 곧 잦아들고, 하늘은 단색의 잿빛이 되었습니다. 약간 음침하고 유령 같은 일몰이 갑자기 대지 위에 드리워졌습니다. 그것은 마치 두꺼운 잿빛 베일 같았습니다. 비는 잎새 위로 조용히 균일하게 떨어지고 있었습니다. 번개는 보라색이 되었다가 우중충한 잿빛으로 변하더니 빛을 발하고 있었습니다. 멀리 천둥소리는 마치 파도의 마지막 나지막한 물결처럼 들려왔습니다. 그리고 이 음침한 분위기 속에, 갑자기 나의 창문 앞 단풍나무 위로 그 나이팅게일이 나타났습니다. 비가 내리고 번개와 천둥이 치는데, 나이팅게일은 마치 취한 듯 홀린 듯 명랑한 종소리처럼 드높게 노래를 부르고 있었습니다. 천둥소리는 들리지 않게 되고 하늘은 밝아졌습니다. 나는 그렇게 아름다운 소리를 들어 본 적이 없습니다. 새의 노래는 가물거리는 은색 불빛처럼 우중충하고 보랏빛이 교차하는 하늘이라는 배경에 영향을 주고 있었습니다. 그것은 비밀스러웠고 뭐라 말할 수 없이 아름다웠습니다. 그리고 나는 나도 모르게 괴테시의 마지막 구절인 "아, 그대 여기 있다면"[25]을 반복해 읊조렸습니다.

언제나 당신의 효자가

소니치카,

이제 자주 편지를 쓰겠습니다. 그런데 '일' 문제를 매번 잊네요. 7월 4일에 클라라의 60번째 생일*을 맞이합니다. 나는 당신이 주었던 『예술: 그젤과의 대화(*L'Art, entretiens réunis par Paul Gsell*)』[26]를 그녀에게 선물하고 싶습니다. 그것을 어디서 제때 얻을 수 있을지 잘 모르겠어요. 당신이 그 책을 샀었던

클라라 체트킨(좌)과 로자 룩셈부르크(우). 독일 사회민주당(SPD)에 가는 길.

곳에서 나를 위해 주문해 주겠어요? 주문한 책이 제때 도착하지 않는다면, 부득이한 경우 내가 제때에 클라라에게 보내 줄 수 있도록, 새 책처럼 보이는 당신의 책을 나에게 보내 주세요. 그러면 정말로 고맙겠군요. 그것은 정말로 적합한 선물입니다. 그 책이 그녀에게 큰 기쁨을 줄 거예요.

　나는 진심으로 당신을 포옹하겠습니다.


　　　　　　　　　　　　　　　　　당신의 R.


---

\* 　실제로는 7월 5일이 클라라 체트킨의 생일이다.

1917년
6월 5일

소니치카,

전쟁 중에는 로댕의 책을 얻을 수가 없을 거라는 생각이 나중에야 떠올랐습니다. 다른 책이 올 때까지 당신의 책을 나에게 보내 달라는 것은 당신에게 너무 많이 요구하는 것 같군요. 지금 프랑스에서 그 책을 구입할 수 있을지는 대단히 불확실하겠지요. 그리고 무조건 로댕일 필요는 없지요. 다른 것을 추천해 줄 수 있을 겁니다. 사실 나는 그 책에 대단히 열광했었지요. 로댕은 좌담에서 무척 생동감을 주었고 나로 하여금 조레스[27]를 기억하게 해 주었습니다. 그들은 둘 다 프랑스 타입이 분명합니다. 클라라와 그녀의 남편[28]은 이 책을 보면 기뻐할 것입니다. 그들은 아직 이 책을 알지 못할 것이라 생각합니다. 그러나 서점에서 얻을 수 없다면 —정말 간절한 부탁인데— 뮌헨에서 다른 것을 보내 주실 수 있나요? 나는 당신의 취향을 믿습니다. 혹시 뒤러의 「마돈나(Madonna)」를 얻을 수 있나요? 그것도 역시 좋을 것입니다. 한마디로 말해, 내가 제때에 그것을 얻을 수 있도록만 빨리 결정해 주세요. 내가 봄의 장려함에 대해 환희에 찬 마지막 편지를 썼던 그 이후로,

84

이곳은 갑자기 춥고 잿빛이 되었습니다. 나는 고통으로 괴로워하고 있습니다. 나는 태양이 뜬 높은 곳에서 다시 무덤으로 던져진 것 같습니다! 하얗기만 한 하늘이 나에게 벌을 주고 있습니다. 요 며칠 동안 나의 행동과 말에 맞서는 일들이 일어나고, 심지어는 새에 대한 나의 악의 없는 수다도 마치 범죄인 듯한 느낌이 들었습니다. 아, 나는 아무것도 모르겠습니다. 나 자신이 고통을 받는다는 것 외에 아무것도, 아무것도 모르겠습니다. 그것이 순전히 신경성이라고 당신은 말하겠지요. 그럴지도 모릅니다. 그러나 내가 이러한 상태에서 견디어야 하는 고통은 상상할 수 없는 것입니다. 아무 말도 하지 않는 것이 최상이라고 나는 생각합니다. 내가 입을 다물면, 봄은 분명히 훌륭해질 것입니다. 내가 구했던 반쯤 죽어 있던 공작나비는 나의 방으로 되돌아와, 어두운 모퉁이에 날개를 접고 웅크리고 앉아 미동도 하지 않습니다. 나도 그럴 겁니다.

잘 계세요. 나의 사랑하는 소니치카, 내가 자주 우편으로 안부를 적어 보내겠습니다.

당신의 우울한 로자

가장 사랑하는
나의 귀여운 소니치카!

내가 보살폈던 나의 작은 친구가 어젯밤 죽었습니다. 나는
당신에게 그 사체를 보냅니다. 공작나비가 마지막 경련을 일
으키더니 날개를 넓게 펼치고 창가에 떨어져 납작하게 뻗은
모습을 나는 살펴보았습니다. 나비의 다리가 경련으로 얼마
나 구부러져 있는지 그리고 몸이 어떻게 눌려져 있는지 보세
요. 이는 모든 짐승들이 사투를 벌일 때 나타나는 전형적인
모습입니다.

나는 밤새도록 눈을 감을 수 없었고 끔찍한 편두통이 있었
습니다. 그러나 그것이 중요한 것은 아닙니다. 당신이 베를린
에서 아이들을 돌보고 난 뒤에는, 에벤하우젠에서 계속해서
치료를 받아야 한다고 나는 굳게 믿고 있습니다. 당신이 이곳
브론키에서 충분히 휴식을 취한다 해도 12월보다는 비용이
그렇게 많이 들지 않을 것입니다. 이것은 내 입장에서는 완
벽하게 만족스러운 것이지만, 당신은 세심한 간병이 필요하
고 특히 그 부분에 신경을 써야 합니다. 나아가, 브론키는 대

단히 낮은 곳에 위치합니다. 베를린처럼 해발 40미터 정도에 위치하는 것입니다. 당신의 신경을 위해서는 높은 곳의 공기가 필요합니다. 뮌헨은 적어도 400미터 정도가 될 것입니다. 낮은 지대에서 병든 신경은 압박감을 느낄 것입니다. 나는 이모든 것이 중요하다고 다시 반복해서 말하겠어요. 당신은 에벤하우젠에 머물러 있어야 합니다. 제발, 어떤 생각을 하고있는지 정확하게 적어 보내 주세요.

나는 오늘 열심히 일하려고 스스로를 억압했습니다. 괴테보다 더 건강한 것이 나에게는 최고인 것입니다. 그 외에 오늘 내 서류를 찾아 꺼내 보다가, 저자를 알 수 없는 스페인 시를 발견했습니다. 당신에게 이 시를 베껴 보내 주고 싶네요. 아마도 당신 마음에 들 것입니다.

그 이유를 말해 주세요, 왜 그대가 나의 시선을 피하는지.
얼핏 보이는 그대의 아른거리던 형상의 그림자가
나의 풍요로움이자, 나의 일상의 행복입니다.
그리고 나의 고독한 꿈속의 빛을 발하는 내용을
아, 말해 주어요.
무엇 때문에 나의 진정한 마음이 그대에게 부족한지.

나의 마음속에 그대의 모습은 그렇게 순수하기에

거울처럼 빛나는 저 별처럼

그대에게 굴복하겠습니다.

푸른 물결이 이리저리 어루만져 주며 잠재워 주었지요.

아, 말해 주어요, 봄의 작은 새와 박새가 경쟁하듯

하늘과 땅의 영광을 노래할 때, 오로지 당신을 찬양하는

나의 소박한 마음이 언제 잘못했나요.

내가 무엇을 잘못했는지 모르겠어요.

나의 영혼은 당신의 손으로 날아가

당신의 호의를 수줍게 그리고 순수하게 갈구합니다.

마치 햇빛에 빛을 발하는 모래 위에

부드럽게 노래하고 작은 두 개의 날개를 펄럭이는

작은 참새처럼

그녀는 그를 사랑한다고, 삶은 달콤하고 봄은 짧다고

그대에게 이야기하려 해요.

아, 말해 줘요, 왜 화를 내는지? 그것이

나의 마지막 절규예요.

나의 절규는 친절한 답변의 메아리 없이 되돌아옵니다.

나의 겸손에도 한계가 있어요.

그것은 고통과 자부심으로 상승할 겁니다.

당신은 내가 우는 것을 더 이상 보지 못할 거예요.

당신의 귀는 나의 속삭이는 애원과

삶과 행복에 대한 나의 울려 퍼지는 노래로 인해

절대로 괴롭지 않을 거예요.


이 노래가 마음에 드나요?

최근 당신의 편지 속에 들어 있던 모파상의 시는 사실 내 취향에 맞습니다. 그러나 그의 단편과 장편소설은 더 이상 읽을 수가 없습니다. 그런 규방문학은 내게는 이미 과거의 세계에 속한 것으로 여겨집니다. 그것이 이 시대 혹은 나에게 적합한 것인지 잘 모르겠습니다. 우리는 아마도 같은 의견이 아닐 수도 있습니다. 당신은 그 프랑스인을 열광적으로 좋아한다는 생각이 드네요.

안녕히 계세요, 소니치카.


*당신의 한결같은* R

1917년
7월 20일

소니치카,

나의 친구여, 갇힌 채로 내가 죽는다 해도 당초 생각했던
것보다는 시간이 더 걸릴 것 같군요. 당신은 브론키에서의 마
지막 인사를 받아야 할 것 같습니다. 당신도 예상했겠지만,
나는 당신에게 더 이상 편지를 쓸 수 없을지도 모릅니다. 그
러나 당신에 대한 나의 생각은 아무것도 변하지 않았고 변할
수도 없을 것입니다. 덧붙이자면 그동안 편지를 쓰지 않았던
것은, 에벤하우젠에서 당신을 떠나온 후 한편으로는 수천 가
지 일로 혼란에 빠져 있었으며, 또 한편으로는 일시적으로 편
지를 쓸 기분이 아니기 때문이었습니다.

내가 브로츠와프로 이송된다는 것을 당신은 이미 잘 알고
있을 것입니다. 오늘 아침 일찍 나의 작은 정원과 작별을 했
습니다. 날씨는 잿빛이고, 폭풍이 일고 비가 내립니다. 하늘
에는 조각난 구름이 달려가듯 흘러가고 있습니다. 나는 평상
시에 하던 이른 아침의 산책에서 많은 일들을 즐겼습니다.
거의 9개월 동안 이리저리 거닐었었고, 모든 돌과 돌 사이에
성장하는 잡초들을 정확하게 알고 있던 바로 그 담을 따라 포

장된 좁은 길과 이별하였습니다. 붉은색, 푸른색, 초록색, 회색 등 다양한 색의 포석들이 나의 관심을 끌었죠. 약간이라도 생동감 있는 초록빛을 기다리게 했던 긴 겨울 동안에 색채를 갈망하는 나의 눈이 돌에서 약간의 화려함과 자극을 찾으려 노력했었습니다. 그리고 이제 여름이 되어서야 비로소 돌 사이에서 특이하고 흥미로운 것들을 많이 볼 수 있었습니다. 여기에는 말벌 등 야생벌이 많이 있습니다. 그것들은 돌 사이로 호두 크기의 둥근 구멍을 뚫어 깊숙한 통로를 만들고, 안쪽에서부터 표면으로 흙을 파내어 깔끔하게 쌓아 놓지요. 벌들은 그 안에 자신들의 알을 낳고 밀랍과 야생 꿀을 만듭니다. 그리고 반복해서 안으로 들어갔다가 밖으로 나옵니다. 나는 땅 아래 벌집을 망가뜨리지 않기 위해서 산책길에 아주 조심해야 했습니다. 그리고 여러 곳에서 개미들이 길 위를 가로질러 좁은 길들을 만들고 그 위를 계속해서 지나다녔습니다. 마치 몸으로 수학적 문맥을 이해하는 것처럼, 직선이 두 점 사이를 연결하는 가장 짧은 통로인 것입니다(예를 들면 원시적인 사람에게는 완전히 낯선 것이지요). 지금 담에는 잡초가 무성하게 자라고 있습니다. 어떤 식물은 이미 자라 솜털이 흩어졌고, 다른 식물들도 끝없이 봉우리를 터뜨리고 있습니다. 그리고 올해 초에는 길 한가운데 혹은 담에서 돋아난 어린 나무들이 많이 보이는군요. 늙은 나무의 떨어진 껍질에서 작은 아카시아가 올해의 싹을 틔우고 있습니다. 5월 이후에 비로소 세상에 나온 여러 그루의 작은 은백양나무는 폭풍우 속에서도 사랑스럽게 흔들리는 하얗고 초록빛을 띤 나뭇잎으로 치장하고 있습니다. 이는 늙은 나무에서도 마찬가지입니다. 내가 이 길을 측정하기도 하고, 다양한 것을 체험하면서 얼마나 자주 마음속으로 계획했는지 모릅니다. 혹독한 겨울에 깨끗한 눈이 내리고 난 뒤, 나는 비로소 두 발로 하나의 길을 만들어 냈던 것입니다. 나의 사랑하는 작은 박새가 함께했었지요. 나는 이 새들을 가을에 다시 보기를 바랐었지만 더 이상 볼 수 없었습니다. 그들은 내가 자신들이 잘 알고 있는 먹이를 주던 그 창가에 언제 올까요. 혹독하게 추운 날씨 한가운데서도 간혹 며칠이나마 눈이 녹곤 하는 3월에는 나는 시냇가로 발길을 돌리기도 했습니다. 부드러운 바람이 불면 표면에 잔잔한 물결이 살랑이고, 시냇가의 돌들이 생동감 있게 빛을 반사하던 것을 나는 아직도 기억합니다. 그리고 마침내 5월이 오고 담에는 첫 번째 제비꽃이 피었습니다. 그 꽃을 당신에게 보냈었지요.

오늘 내가 관찰하고 생각하며 산책하는 동안, 괴테의 시가
머릿속에 자꾸 떠올랐어요.

노인 메를린의 빛나는 무덤가에서
나는 젊은 그에게 말을 걸었다.[29]

당신은 이 시를 알 것입니다. 이것은 당연히 나의 정서와
마음이 추구하는 것과는 어떤 연관도 없습니다. 그러나 시나
음악의 독특한 마법은 나를 편안하게 진정시켜 줍니다. 아름
다운 시 가운데서도 특히 괴테의 시가 나에게 강한 자극이나
깊은 감동을 주는 이유를 나는 모르겠습니다. 마치 마음을 진
정시켜 주면서도, 몸과 마음을 건강하게 해 주는 훌륭한 음
료를 갈망하듯 삼키는 것처럼 심리적인 작용일 것입니다. 당
신이 마지막 편지에서 언급한 『서동시집(West-östlicher Divan)』
에 나오는 그 시는 잘 모르겠습니다. 나에게 그 시를 적어 보
내 주세요. 나는 오래전부터 내가 가진 괴테의 책에서는 빠져
있는 「꽃의 인사(Blumengruß)」를 가지고 싶었습니다. 그것은
4개에서 6개 행으로 된 짧은 시입니다. 나는 뭐라 말할 수 없
이 아름다운 볼프의 가곡집에서 그 시를 알게 되었습니다. 마

지막 구절은 다음과 같습니다.

나는 그 꽃을 꺾었네.
열렬한 그리움의 고통 속에서
천 번이나
그 꽃을 꼭 품었지.

이 가곡은 마치 무릎 꿇고 고요히 경배 드리는 것처럼 무척 성스럽고 부드러우며 순결합니다. 그 전체 시를 모르기에 갖고 싶군요. 어제 저녁, 9시 정각에 나는 아주 멋진 연극을 한 편 보았습니다. 소파에 있을 때 창유리에서 붉은빛이 번쩍이며 반사되는 것을 보고 깜짝 놀랐지요. 하늘은 완전히 잿빛이었습니다. 나는 창가로 뛰어갔습니다. 그리고 마치 무엇엔가 사로잡힌 듯 서 있었지요. 완전히 잿빛인 하늘 동쪽에 천상에서나 볼 수 있을 아름다운 장밋빛의 거대한 구름이 겹겹이 층을 이루고 있었습니다. 모든 것과 동떨어져 홀로. 그것은 마치 미소나, 낯선 타향에서 보내는 인사와 같았습니다. 나는 해방된 듯 숨을 들이마셨고, 어느새 그 매혹적인 형상을 마주하여 두 손을 뻗었습니다. 그러한 색채나 형태가 있다면, 삶은 아름답고 살 가치가 있지요. 그렇지 않나요? 나는 빛나는 그 모습을 눈으로 흡수하고, 그 형상이 내뿜는 모든 장밋빛을 삼켰습니다. 그러다 갑자기 내 자신에게 웃음을 터뜨리지 않을 수 없었습니다. 신, 하늘, 구름 그리고 삶의 총체적 아름다움이 브론키에만 있는 것이 아니니, 나는 그들에게 이별을 고할 필요가 없습니다. 그들은 나와 함께 떠나 내가 살아 있는 한 같이 있을 것입니다.

곧 브로츠와프에서 당신에게 편지를 쓸 것입니다. 될 수 있으면 곧 그곳으로 방문해 주세요. 카를에게 인사 전해 주세요.

여러 번 당신을 포옹하겠습니다. 나의 아홉 번째 교도소에서 만나요.

당신의 성실한 로자

# Wrocław

브로츠와프

나의 가장 사랑하는
소니치카!

내가 28일에 받았던 당신의 편지는 이곳에서 받은 외부세계의 첫 번째 소식이었습니다. 내가 얼마나 기뻐했을지 당신은 쉽게 상상할 수 있을 것입니다. 사랑이 넘치는 당신은 분명 나의 이감을 너무도 확실한 비극으로 받아들이겠지요. 그렇습니다. 우리 같은 사람들은 항상 '한계를 넘어서' 사는 것입니다. 그리고 나는 당신도 알다시피 운명의 모든 전환들을 필요한 경우 보다 명랑한 평정심을 가지고 받아들입니다. 나는 여기에 잘 적응하고 있습니다. 오늘 책들과 함께 나의 짐들이 브론키에서 도착했습니다. 내가 가지고 다녔던 책들, 그림들 그리고 소박한 장식품으로 두 개의 방이 브론키에서처럼 곧 다시 편안하고 쾌적해질 것입니다. 그러면 나는 두 배의 즐거움을 느끼며 일을 할 것입니다. 이곳은 브론키에서보다 상대적으로 행동의 자유가 부족합니다. 그곳에서는 교도소가 하루 종일 개방되었지만, 여기에서는 간단히 말해 감금되어 있기 때문입니다. 또 훌륭한 공기, 정원, 무엇보다도 새

98

들이 부족합니다. 당신은 모르겠지만 나는 이곳의 작은 모임에도 애착을 가지고 있습니다. 그럼에도 당연히 모든 것이 아쉽지요. 하지만 나는 브론키가 이곳보다 더 편안했었다는 것을 곧 잊을 것입니다. 이곳의 전체적 상황은 바르님 거리와 거의 같습니다. 단지 내가 매일 작은 식물과 동물을 찾을 수 있었던 멋진 초록색 야전병원의 앞마당이 없다는 점이 다릅니다. 산책할 수 있는 포장된 도로가 있는 커다란 농장이 있긴 하지만 그곳에는 '발견할 것'이 아무것도 없습니다. 그리고 나는 산책할 때 안마당에서 일을 하는 죄수를 보지 않으려고 잿빛 포석을 열심히 쳐다봅니다. 남루한 옷을 입은 그들은 나에게는 하나의 고통입니다. 그들은 인간성이 박탈되었다는 최악의 낙인이 찍혀 나이, 성, 개인적 특성들이 지워져 버렸음에도, 고통스럽게 자석처럼 나의 시선을 끌어당기는 것입니다. 반면 정말로 교도소의 죄수복이 아무것도 빼앗지 못하고, 화가의 시간을 기쁘게 할 만한 몇몇의 모습이 도처에 있습니다. 나는 여기 안마당에서 한 명의 젊은 여성 노동자를 발견했습니다. 날씬한 모습에 수건으로 머리를 감싼 근엄한 그녀의 형상은 바로 밀레[30]의 작품에 나오는 사람을 보여 주는 것 같습니다. 고상한 동작으로 짐을 끄는 모습을 보는 것은 하나의 즐거움이었습니다. 백묵처럼 희고 탄력 있는 피부이면서도 여윈 얼굴이 비극적인 피에로의 마스크를 기억나게 하는 것입니다. 그러나 나는 이전에 비슷한 상황에서 슬픈 경험으로 깨달음을 얻었기에, 그녀의 고상한 외면을 보면서도 거리를 두려고 했습니다. 나는 바르님 거리에서 진실로 여왕과 같은 모습과 태도를 가진 한 명의 여죄수를 만났었지요. 그리고 나는 이에 어울리는 '내면'을 생각하고 있었습니다. 그녀는 내가 서 있던 곳에 여배우의 모습으로 다가왔으나, 이틀 후엔 아름다운 모습이 우둔하고 저급한 생각을 숨기고 있었다는 것을 보여 주었지요. 그녀가 내 앞을 지나가면 나는 항상 시선을 피했습니다. 그리고 밀로의 비너스는 침묵했기 때문에 수백 년 동안 가장 아름다운 여성으로 명성을 유지할 수 있었구나라고 생각했습니다. 입을 열면 그녀는 태생적인 세탁부나 침모처럼 보였고, 전체적인 매력이 파괴되어 버리는 것으로 판명되었습니다.

내 앞에는 남자들의 교도소가 있습니다. 우중충하고 붉은 벽돌로 된 일반적인 건물입니다. 그런데 담을 가로질러 힘찬 바람이 불면 교도소 시설에서 솨솨 소리를 내는 크고 검은 포플러 나무의 초록색 정수리가 보입니다. 노란색(나중에는 밤색) 껍질이 붙어 있는 훨씬 밝은 색의 물푸레나무들도 많이 보입니다. 창문이 북서 방향인 덕분에 나는 아름다운 저녁 구름을 여러 번 봅니다. 그런 장밋빛 구름만이 나를 매혹시키고 모든 것을 보상해 줄 수 있는 것을 당신은 아실 겁니다. 이 순간 —밤 8시(실제로는 7시군요)에— 태양이 남자 교도소의 경사진 지붕 뒤로 지자마자, 지붕의 유리로 된 채광창을 통해 눈부신 빛이 들어오고, 전체 하늘이 금색으로 빛납니다. 나는 기분이 정말로 편안한 상태에서 —왜 그런지는 모르겠습니다— 구노[31]의 「아베 마리아(Ave Maria)」가 앞에서 조용히 울려 퍼지는 것을 분명히 들은 것 같습니다.(당신은 그 상황을 잘 알겠지요?) 괴테의 시를 적어 보내 준 것에 감사드립니다. 「자격 있는 사나이(Berechtigte Männer)」[32]는 정말로 아름답습니다. 물론 그 시 자체가 내 마음에 들지는 않습니다만, 사람들은 자주 한 사물의 아름다움을 스스로에게 암시해야 합니다. 나에게 때로 「아나크레온의 무덤(Anakreons Grab)」[33]을 적어 보내 달라고 부탁하고 싶습니다. 노래를 잘 아나요? 나는 그 시를 후고 볼프의 음악을 통해 제대로 이해했습니다. 그 노래가 건축물과 같다는 느낌을 받았지요. 그 노래를 들은 사람들은 앞에 그리스 신전이 서 있는 듯한 느낌이라고 말합니다.

당신은 "사람들이 어떻게 선하게 되는지", "사람들이 '비굴한 악마'를 자신의 내면에 어떻게 침묵하게 하는지"를 질문했습니다. 사람들이 눈과 귀를 사용하는 방법을 제대로 이해하고, 내면의 평정을 가지고 모든 역겨운 일과 소소한 일에서 벗어나도록 하려면, 우리 주변의 도처에 있는 삶의 명랑함과 아름다움을 결합하는 것이 유일한 수단이라고 나는 생각합니다….

방금 나는 하늘을 관찰하며 잠시 휴식했습니다. 태양이 건물 훨씬 뒤로 깊게 가라앉았다가 높이 떠올랐습니다. ─어디인지 신만이 아실 겁니다.─ 수만의 작은 구름들이 소리 없이 몰려가고 있는데, 그 구름의 가장자리는 은빛이고 가운데는 부드러운 잿빛이며, 흩어진 가장자리 부분은 북쪽으로 나아가고 있었습니다. 이 구름의 비상에는 어떤 무심함과 냉정한 웃음이 묻어 있었습니다. 나는 에워싸고 있는 삶의 리듬에 관여해야 하는 나의 처지에 미소를 지을 수밖에 없었습니다. 어떻게 사람들이 이런 하늘에 '화'가 나거나 인색할 수 있겠어요? 주위를 돌아보는 것을 절대로 잊지 마세요. 그러면 당신도 항상 다시 '선해질 것'입니다.

카를이 특별히 새의 노래에 대한 책을 쓰려 한다는 사실이 나를 약간은 놀라게 했습니다. 나는 새의 소리가 그들의 전체 행동, 곧 삶과 떨어질 수 없다고 생각합니다. 나는 전체에 대해 흥미를 갖는 것이지 조각난 세밀한 것에는 관심이 없습니다. 그에게 동물 지리학에 대한 좋은 저서를 가져다주세요. 그것이 많은 자극을 줄 것입니다.

당신이 나를 꼭 방문해 주길 바랍니다. 허가를 받으면 나에게 전보를 보내 주세요. 나는 당신을 여러 번 포옹하겠습니다.

당신의 로자

아, 편지가 8페이지가 되었네요. 자, 이번에는 이것으로 되겠지요. 책들을 보내 주어 고맙습니다.

나의 라이프치히의 사건에 대한 재심 날짜가 이달 8일이고, 드레스덴, 법정거리 2번가, 154번 방에서 상고심이 있다는 것을 곧 마틸데에게 말해 주세요. 나의 변호사에게도 전달해 주어야 합니다.

1917년
8월 29일

사랑하는 소니치카,

두 통의 사랑스런 편지에 감사드립니다. 이 말을 직접 할
수 있었으면 하고 기대했는데, 당신의 방문이 9월로 미루어
졌군요. 그렇지만 나는 계속 당신을 기다리겠고 희망을 잃지
않을 겁니다. 당신의 편지는 우울하군요. 그것이 나를 정말로
괴롭게 합니다.

이세는 날씨가 정말로 아름답네요. 자유로운 몸이 되면 밖
에서 아름다운 것을 많이 볼 수 있겠지요. 당신의 자유를 이
용해 자주 들이나 식물원으로 가 보세요. 나는 마틸데[야콥]에
게 그녀가 당신을 동반해야 한다고 편지를 썼습니다. 당신이
그 일을 하려 하지 않을까 두렵기 때문입니다. 지금 어떤 꽃
이 피고 전체적으로 어떻게 보이는지, 새에게 어떤 소리를 들
을 수 있는지 당신의 설명이 궁금합니다.

나는 라이프치히 출판사가 출간한 포이크트의 명금(鳴禽)
에 대한 소책자*를 얻었습니다. 이 책이 카를이 생각하는 책

---

* 알빈 포이크트(Alwin Voigt)의 『새의 소리 연구를 위한 현장학습서(*Exkursionsbuch zum*

의 출간을 위해서는 충분한 도움을 줄 수 있을 거라 생각합니다. 책에는 모든 새들의 소리가 음절과 악보로 해석되어 있습니다. 그러나 나는 이 방법이 도움이 되지 않는다고 생각합니다. 새의 소리를 정확히 알지 못하는 사람에게는 그 징표가 아무 의미도 없습니다. 그런데 새의 소리를 잘 아는 사람에게는 그것이 필요 없기 때문입니다. 그 외에, 큰 답사책은 출판사에서 직접 얻는 것이 가장 빠를 것입니다.

나는 지금 읽을거리는 충분합니다. 그리고 한스 디[펜바흐]도 노력하고 있습니다. 당신이 보내 준 최근의 책들은 부분적으로 대단히 만족스럽습니다. 클라라는 지금 곤차로프의 『오블로모프(Oblomov)』[34]를 읽고 완전히 감동했다고 합니다. 당신도 그를 약간 불완전한 학생처럼 보면 됩니다. 어쨌건 나는 그 책을 나에게 보내 달라고 했습니다. 다시 한번 책을 읽어 보면 재미있을 겁니다. 내가 혼동하지 않았다면, 당신은 미라보[35]의 편지들과 비망록을 언급했었지요. 그것도 재미있을 겁니다.

오늘 날씨는 화창하군요. 나는 포장된 도로가 있는 마당

*Studium der Vogelstimmen)』*: 새에 대해서뿐만 아니라 새소리를 연구한 귀중한 저서이다.

에서 햇빛이 비추는 가운데 한 시간 동안 이리저리 왔다 갔다 했습니다. 이웃한 가정집에서 축음기의 소음이 들렸습니다. 이 잔인한 악기는 평소에는 나에게 혐오스러운 것이었지요. 그러나 지금 나는 음악에 굶주려 있는 터라, 설거지할 때 손풍금 소리를 듣는 요리사처럼 이 거칠고 울컥거리는 소리에도 기뻤습니다. 나의 교도소 감방에서 약간 떨어진 곳에 몇 그루 나무의 정수리가 보인다고 당신에게 이미 편지를 썼었지요. 그 가운데 높고 검은 포플러나무가 있습니다. 그것은 놀라운 나무로, 주위에 많은 생명력을 주었습니다. 바람이 거의 불지 않을 때면 다른 나무들은 움직이지 않습니다. 그런데 검은색 포플러나무는 항상 움직이는 두꺼운 나뭇잎 사이에서 솨솨 소리를 내며, 흐르는 물처럼 빛을 발하며 흔들리고 있습니다. 어디서도 들어 본 적이 없는 살랑거리는 소리가 그곳에서 들려옵니다. 그리고 연못 옆에 갈대가 빽빽하게 자라, 바람에 술렁거리는 소리와 함께 이리저리 고개를 숙이고 있습니다.

이제 자주 숲과 들로 산책하세요. 아직도 여름인 아름다운 나날들을 이용해 보세요. 나는 생각으로나마 그 산책길에 동반하고 함께 즐기겠습니다. 카를과 아이들에게 나의 안부 인사를 전해 주고 곧 편지 보내 주어요.

나는 성심을 다해서 당신을 포옹하겠습니다.

언제나 당신의 초자

─이것은 나의 믿음이기도 합니다.─ 가죽으로 된 『에르푸르트 강령(*Das Erfurter Programm*)』[36] 대신에, 혹은 그것을 읽은 다음에 『레싱의 전설』을 읽어 보세요. 그 속에는 끝없이 더 많은 것이 담겨 있습니다.

1917년
9월 9일

일요일


나의 가장 사랑하는
소니치카,


당신의 편지 마지막 부분은 정말 익살스러웠습니다. 그 편지가 너무 길거나 김빠진 것이었다면, 끝까지 읽지 못했을 것입니다. 나는 웃을 수밖에 없었습니다. 내가 얼마나 기뻐하며 관심을 가지고 여러 번 읽었는지를 당신이 알면 좋겠네요. 당신이 뮌헨에서 오페라를 보았고 「마술피리(Die Zauberflöte)」에 매혹되었다는 말에 정말로 기뻤습니다. 그 작품은 정말로 훌륭합니다. 마치 산의 요정이 숲에 숨어 웃는 듯 매력적이고, 경쾌하게 흥분되는 서곡 부분을 느꼈나요? 그 외에도 이 서곡의 매력적인 주요 모티브는 사실 클레멘티[37]에게서 훔쳐 왔지요. 물론 모차르트가 완성한 것은 대단합니다. 소니치카, 당신이 이 음악을 이해했다면 독일 오페라하우스(샤롯덴부르크)에서 공연하는 「지하 세계의 오르페우스(Orpheus in der Unterwelt)」[38]를 들으러 가세요. 그 작품은 천재적이고 빛나는 위트가 풍부하며, 환상적인 멜로디에, 독창적이며 우아합니다. 당신은 대단히 생기를 얻을 것입니다. 아, 꼭 그리로 가 보세요. 그 작품에 답답한 느낌과 속물근성이 있을까 두렵기 는 합니다. 그럼에도 불구하고 그것은 영향력이 있습니다. 당 신이 '당신이 원하는 것'을 위해 독일 극장으로 가고, 거기 더 하여 ─당신이 원한다면─ 편안히 아이들 모두 혹은 그중 한 명이라도 데리고 갈 수 있기를 바랍니다. 내가 말하는 것은 당신이 그 극을 정확히 파악하리라는 것입니다. 당신이 독일 연극의 탁월한 공연으로 이미 그것을 보았는지는 모르겠습니 다. 나는 그곳에 한스[디펜바흐]와 함께 갔었고, 우리는 행복했 고 미친 듯이 웃었으며, 그것이 세계문학에서 가장 최고의 희 극작품이라고 결론 내렸습니다. 다른 이야기입니다만, 사실 상 나는 셰익스피어의 희극들을 다른 모든 것보다 우수하다 고 평가합니다. 나는 대부분의 희곡들을 이해하지 못하겠습 니다. 그런 작품에서 무엇에 대해 경탄해야 할지 모르겠기 때 문입니다.

당신이 식물원을 설명해 주어서 너무 기뻤습니다. 히비스 커스는 독일어로 이비시 혹은 아이비시라고 하는데 동인도의 아욱목에 속합니다. 설명에 따르면 아주 화사한 꽃이 분명하 군요. '개오동나무'는 능소화과의 교목입니다. 그 꽃이 아직도 피는지? 아마 거의 피지 않을 겁니다. 당신은 식물원의 새는 언급하지 않았군요. 새가 그렇게 조용했나요? 아니면 새의 노래가 당신의 마음에 들지 않았나요? 물론 지금은 가장 주요한 새들이 남쪽으로 이동할 때입니다. 소뉴샤, 참새보다 훨씬 작은 울새가 봄에 남쪽(이집트 남쪽)에서 헬골란트로 하룻밤에 날아간다는 것이 상상이 되나요? 그렇게 작은 새가 다시 북쪽으로 되돌아가는 것은 말할 수 없을 만큼 그리움을 가지고 있다는 뜻입니다. 그들이 남쪽으로 가는 가을에는 다릅니다. 중단하기도 하고 어떤 장소에 머물기도 하면서 대부분이 주저하며 이동합니다. 그들에게는 고향과 헤어지는 것이 그렇게 어려운 것입니다…. 나는 오늘 아침과 저녁에 내가 머무는 곳 건너편 교도소의 지붕에서 두 마리 새의 소리를 들었습니다. 한 마리는 종달새이고 다른 것은 박새입니다. 두 마리는 우리에게는 텃새입니다. 그들은 겨울에도 우리 옆에서 성실히 머물지만, 지금은 몇 마리만 남아 지저귀고 있습니다. 그런데 너무 슬프게 들리네요. 그러나 나는 매번 친구의 인사처럼 기뻤습니다.

한스 디[펜바흐]가 나에게 로맹 롤랑[39]의 『장 크리스토프 (Jean-Christophe)』[40]를 보내 주었습니다. 나는 이 책에 대한 당신의 평가를 듣고 싶습니다. 나는 당연히 재미있게 읽었습니다. 책은 마음에 듭니다. 진지하고 훌륭합니다. 그러나 내가 사랑하는 스탕달이나 골즈워디의 책과 같은 자유롭고 위대한 예술 작품은 아닙니다. 반대로 한스는 그것을 세계 문학의 진주라고 평가합니다. 그는 자주 그 속에 빠져 지냅니다. 나에게 『심연(*Abgrund*)』을 보내 주세요. 나는 더 이상 용감히 가져다 달라는 말을 하지는 못하겠네요. 곧 다시 편지 보내 줘요.

진실하게 사랑하는 마음으로 당신을 포옹하겠습니다.


당신의 호자


추신: "여자들은 헤어질 때면, 오랫동안 서 있다"*….


소니치카, 당신이 나에게 보내 주었던 아름다운 보랏빛 식물을 아쉽게도 안전하게 보관할 수 없습니다. 꽃이 대단히 말라 있기 때문입니다. 그것이 '실새풀'(독일어로는 Federgras)인지

* 슐레지엔 지방의 속담이다.

완전히 확실치는 않아요. 왜냐하면 실새풀은 이런 꽃이 피지 않기 때문입니다. 오히려 나는 그것이 라벤더의 일종인 것 같습니다. 어디에서 그 꽃을 꺾었나요?

나는 담청색의 치커리 꽃을 대단히 좋아합니다. 쥐트엔데에는 들의 길가에 그런 꽃들이 많이 피어 있습니다. 독일어 꽃명은 "기다려라"를 뜻합니다. 이 꽃에 대한 멋진 전설이 있습니다. 한 고독한 처녀 한 명이 불성실한 애인을 기다리기 위해 길에 서 있었습니다. 오랫동안 하염없이 밖을 쳐다보다가 결국에는 땅속으로 들어가 꽃이 되었고, 그것이 치커리라고 합니다.

나는 리버만[41]을 약간은 존경합니다. 그러나 나의 흥미를 일으키지도, 나를 뜨겁게 하지도 않습니다. 그의 예술을 이렇게 차갑게 느끼는 사람이 어떻게 다른 누구를 뜨겁게 하겠습니까? 이것은 사람들이 흔히 말하듯, 천재성이 없는 것입니다. 그것뿐입니다.

부시[42]의 『마음의 비판(Kritik des Herzens)』이라는 책은 잘 모릅니다. 나는 그를 단지 『경건한 헬레네(Die fromme Helene)』, 『신부 필리시우스(Pater Filucius)』 등을 쓴 유머작가로 생각합니다. 아직 이 독일의 '풍자'를 읽어 볼 수 없었습니다만, 그의 시가 당신의 마음에 든다면 나도 한번 시도하겠습니다.

나는 지금 지질학에 꽂혀 골머리를 앓고 있습니다. 이것은 나로 하여금 열정적인 관심을 갖게 합니다. 소뉴샤, 지각에 있는 탐사된 열두 개의 층 중에서 가장 오래된 곳인 ―특히 본격적인 유기체가 등장하기 전인― 스코틀랜드의 원생대층에서 아직도 수백만 년 전 짧은 기간 동안 내린 여름 폭우의 흔적이 그대로 나타나는 판들이 존재하는 것을 상상해 보세요. 놀랍지 않나요? 시대의 심연에서 웃음을 지으며 보내는 인사 같지 않나요? 그렇지요? 다시 한번 인사를 보냅니다.

당신의 성실한 로자

나는 마르타 로젠바움의 집에서 찍은 조그만 사진에서 당신을 보고 대단히 기뻤습니다. 당신은 멋있게 보이네요. 대단히 잘 찍었어요.

나는 당신을 언제 볼 수 있을까요?

1917년
11월 중순

## 나의 사랑하는 소니치카,

당신에게 편지를 다시 보낼 수 있는 기회를 곧 갖기를 희
망합니다. 그리고 그리워서 다시 펜을 잡습니다. 당신과 종
이 위의 글로라도 수다를 떠는 좋은 습관을 얼마나 오랫동
안 포기했어야 했는지 모르겠군요. 어쩔 수 없었습니다. 나
는 내가 적어도 되는 몇 장의 편지들을, 나의 편지를 기다렸
던 한스 디펜바흐*를 위해서 남겨 두어야 했습니다. 이제 그
것이 지나갔습니다. 나의 최근 편지들은 어느 죽은 이에게 보
내진 것이었습니다. 한 통의 편지는 이미 되돌려 받았습니다.
그 사실을 나는 아직도 받아들이기 힘듭니다. 그 얘기는 차라
리 더 이상 하지 말지요. 나는 그 일을 혼자서 감내하렵니다.
사람들이 그런 최악의 소식에 대해 '조심스럽게' 나를 준비시
키고 클라라가 했던 것처럼 탄식의 소리로 나를 '위로'하려 하
면, 나는 당황해서 말을 할 수가 없습니다. 나와 가장 친한 친
구들도 나를 잘 알지 못하고 과소평가하는 것입니다. 그들은

---

\* 한스 디펜바흐는 1917년 10월 서부전선에서 사망하였다.

이해하지 못했습니다. 그러한 경우에 가장 좋은 것은 빨리 그리고 간단히 두 단어로 이야기하는 것입니다. 그는 죽었어요. ─그것은 나를 아프게 하고, 그리고 끝입니다.

소니치카, 나의 사랑스런 작은 새여, 내가 얼마나 자주 당신을 생각하는지 모릅니다. 당신은 항상 나와 함께 있습니다. 그리고 나는 항상 당신이 추워하는 참새처럼 고독하게 바람에 흩날린다고 느끼고 있습니다. 나는 당신을 즐겁게 하고 생기를 주기 위해서 당신 옆에 있어야 했습니다. 세상에 일어나는 모든 끔찍한 일에도 불구하고 우리가 함께 보냈던 아름다운 시간들이 지금 흘러가 버린 것이 얼마나 유감인지 모릅니다. 소니치카, 매일 일어나는 일이 오랫동안 반복될수록 더욱 극심하게 끔찍해지는 것을 압니까? 모든 것이 경계선과 정도를 넘어가지만, 그럼에도 불구하고 나는 내면적으로는 더욱 안정되고 확고해지고 있습니다. 사람들이 원소, 시베리아의 폭풍, 홍수, 일식에 대해 어떤 윤리적인 척도를 사용할 수 없다면, 그것을 주어진 것으로, 연구와 인식의 대상으로 관찰해야 합니다.

전체 인류에 대해 화를 내고 분노하는 것은 결과적으로 아무 의미가 없습니다. 그것이 분명 객관적으로 역사에서 유일하게 가능한 길입니다. 그리고 중요한 갈림길에서 혼란에 빠지지 않도록 그것을 따라야 하는 것입니다. 나는 도덕적인 측면에서의 진흙탕이 지나갈 것이고, 우리가 살아가는 이 정신병원도 하루 이틀 사이 마치 요술지팡이에 의해 전복된 것처럼 위대하고 용맹한 모습으로 바뀔 수 있을 것이라는 느낌을 가지고 있습니다. 그리고 —만약에 전쟁이 몇 년 지속된다면— 틀림없이 전복될 것이라 생각합니다.

우리가 본 것에 의하면, 인간이라는 이름을 모독하는 사람들이 영웅주의란 미명 아래 날뛰는 경우, 오늘날의 모든 것이 마치 전혀 존재하지 않았던 것처럼 사라지고 삭제되고 잊혀질 것입니다. 나는 이러한 생각을 하면서 조소를 지을 수밖에 없고, 동시에 나의 마음속에 복수, 징계에 대한 절규가 싹틉니다. 모든 악한 것들이 벌을 받고 사라지지 않는다면, 인류의 오늘날 분노의 표출이, 과연 내일 고상한 머리에 월계수 장식을 하고서 높은 곳에서 거닐며 지고의 이상을 실현하는 데 도움이 될까요? 역사 속에 '정의'에 의한 청산은 절대로 일어나지 않습니다. 그리고 사람들이 이미 그렇게 모든 것을 받아들이고 있다는 것을 나는 정확히 알고 있습니다. 나는 대학생 때 취리히에서 지버[43] 교수의 『원시 경제 문화의 개요(*Ocherki pervobytnoi ekonomicheskoi kultury*)』를 뜨거운 눈물을 흘리며 읽었던 것을 아직도 기억합니다. 이 책은 유럽인들에 의해 미국의 인디언들이 체계적으로 억압되고 말살되는 것을 묘사하고 있습니다. 나는 절망하며 주먹을 쥐었습니다. 그러한 것이 가능했었고, 아무런 보복이나 앙갚음이 이루어지지 않았다는 점, 그리고 아무도 벌을 받지 않았다는 사실에 나는 고통으로 몸을 떨었습니다. 그들이 인디언에게 행했던 모든 고문을 비난하기에는 그 스페인 사람도, 그 앵글로아메리카인도 이미 죽거나 살해된 지 너무 오래된 것입니다. 어리석은 견해를 가지고서 경건한 정신을 가진 사람들에게 죄악을 저지른, 이러한 모든 저급한 사실들이 오늘날 혼란스러운 역사의 교착상태 속에서 잊혀지고 있는 것입니다. 결국 다시 모두가 동지로 이루어진 한 통일된 민족이 될 것입니다. 오늘 나는 빈 사회민주주의가 페테르부르크의 레닌 정부에게 보낸 전보를 읽고 제대로 살아났습니다. 열정적인 박수갈채와 축하의 인사말이 있었지요. 아들러,[44] 페르너스토르퍼,[45] 레너,[46] 아우스터리츠[47] 그리고 피를 흘린 러시아인들! 빈 사회주의의 완성은 곧 이루어질 것이고, 후에도 다르게 변질되지 않을 것입니다…. 이 일은 세상이 시작되었을 때부터 이렇게 되기로 정해졌던 것입니다.

아나톨 프랑스[48]의 『신들은 목마르다(*Les dieux ont soif*)』(1912)
라는 책을 읽어 보세요. 나는 이 책이 위대하다고 생각합니
다. 왜냐하면 이 책이 너무도 인간적인 것을 천재적인 관점
을 가지고 제시했기 때문입니다. 상응하는 역사의 순간들에
서 불행의 형상들이, 일상의 사소한 일로부터 거대한 사건들
과 기념비적인 행동들이 야기되는 것을 보세요. 사람들은 개
인적 삶 속에서처럼 사회적 사건에서도 모든 것을 얻어 내야
합니다. 편안히, 아량 있게 그리고 부드러운 미소를 지으며.
전쟁이 끝나면 모든 것이 올바른 쪽으로 방향을 돌릴 것이라
나는 굳게 믿고 있습니다. 그러나 우리는 먼저 가장 심각하고
비인간적인 고통의 시기를 지나가야 합니다.

햇빛과 걱정 없는 노래를 위해 태어난 당신과 같은 섬세한
작은 새가 운명의 세계사의 가장 어둡고 끔찍한 시기 중 하나
에 연루되었다는 것은 우스운 일이고 또한 눈물을 흘릴 일입
니다. 그러나 우리는 어떠한 경우에도 나란히 시대를 헤엄쳐
가고 있었으며, 지금도 그렇게 가고 있습니다.

덧붙여서, 내가 궁극적으로 하고 싶은 말들은 당신에게 알
리고 싶은 내 마음속 하나의 표상이자, 하나의 사실을 일깨우

는 것입니다. 나에게 시적이고 감동적으로 여겨진 일이 있습니다. 나는 최근 한 학술저서에서 오늘날까지 대단히 수수께끼 같은 현상으로 묘사되는 새의 이동에 대해 읽었습니다. 이곳에서는 철천지원수로 서로 싸우고 먹어 치우다가, 평화롭게 나란히 바다를 건너 남쪽으로 긴 여행을 하는 여러 종류의 새가 관찰되었다고 하네요. 겨울에 이집트로 가는 새들의 거대한 무리가 마치 구름처럼 높이 날아가 하늘을 어둡게 합니다. 그런데 보라매, 독수리 같은 맹금류 무리 한가운데 종달새, 상모솔새, 나이팅게일 등 수천 마리의 지저귀는 작은 새들이 아무 두려움 없이(다른 곳에서는 자신들을 뒤쫓는 맹금류와) 함께 날아가는 것입니다. 이동 중에는 침묵하는 신의 휴전이 지배하는 것입니다. 모두는 공통의 목표를 추구하다가, 나일 강에 와서는 완전히 지쳐 반은 죽어서 대지 위에 떨어집니다. 그러고는 종류에 따라, 그리고 동향끼리 구분되는 것입니다. 더 나아가, 사람들은 대서양을 이동하는 커다란 새가 작은 새들을 자신들의 등에 실어 나르는 것을 발견했습니다. 사람들이 두루미의 무리가 날아가는 것을 볼 때에("저기를 보라, 저기를, 티모테오.*")

---

*  실러의 발라드 「이비쿠스의 두루미떼(Die Kraniche des Ibykus)」 중 한 행.

두루미의 등 위에서 지저귀는 작은 새들이 즐거워하며 짹짹거립니다. 매력적이지 않나요? 질풍노도에 '거대한 바다'를 날아가야 하는 것이 우리에게도 해당된다면, 우리는 소니치카를 등에 태우고 갈 것이고, 소니치카는 가면서 아무 걱정 없이 짹짹거릴 겁니다….

한 번쯤 다시 식물원에 갔었는지 이야기해 주세요. 그 일을 소홀히 하지 마세요. 그곳에는 항상 무엇인가 볼 것이 있고, ─사람들이 새들의 소리에 귀 기울이면─ 들을 것도 있습니다. 「오르페우스」가 당신에 마음에 들어서 기뻤습니다. 당신이 아름다운 음악에 그렇게 마음이 떨린다면, 어떻게 당신이 음악적이지 않다고 말할 수가 있나요? 아름다운 음악을 혼자서 즐겨야 한다는 것은 정말 고통스럽네요. 적어도 나에게는 그렇습니다. 톨스토이가 예술이 사회적인 교통수단이고 사회적 '언어'라고 말했을 때, 나는 그가 깊은 이해력을 보여 주었다고 생각합니다. 정신적으로 비슷한 사람들과 서로 이해하기 위해서 예술은 존재하는 것입니다. 사람은 훌륭한 음악의 아름다운 소리나 혹은 인상적인 그림 앞에서 고독을 가장 혹독하게 느낍니다.

나는 최근에 혐오스럽고 난잡한 시작품 사이에서 후고 폰 호프만슈탈의 작품 하나[49]를 찾아냈습니다. 나는 예전에는 그를 전혀 좋아하지 않았습니다. 노련하지만 억지스럽고 불분명하다고 생각했습니다. 나는 그의 시를 전혀 이해하지 못했습니다. 그러나 이 시는 나의 마음에 꼭 들었고 나에게 강한 시적 인상을 주었습니다. 당신에게 동봉하여 보내겠습니다. 아마 당신에게도 만족감을 줄 것입니다.

나는 지금은 지질학에 빠져 있습니다. 당신은 지질학을 대단히 무미건조한 학문으로 여길 겁니다. 그러나 그것은 잘못된 생각입니다. 나는 열광적인 관심을 가지고 지질학 책을 읽었으며, 그것은 나에게 뜨거운 만족감을 주었습니다. 또한 정신적인 수평선을 대단히 확대시켜 주었고, 결코 부분적인 학문이 이루었다고는 믿을 수 없을 정도로 자연에 대한 단일하고 포괄적인 표상을 만들어 주었습니다. 나는 당신에게 이것에 대해 많은 것을 설명해 주고 싶습니다. 그러나 우리는 우선 오전에 쥐트엔데의 들에서 함께 거닐거나 혹은 고요한 달빛 속에 여러 번 서로의 집까지 동행하면서 대화를 할 수 있어야 하는 것입니다. 무엇을 읽고 있나요? 『레싱의 전설』은 어떤가요? 나는 당신의 모든 것을 알고 싶습니다. 곧 편지를 써 주세요.(가능하면 이제까지와 같은 방법이나 공적인 방법으로 편지

를 써 주세요.) 나는 몇 주 후에 당신을 볼 수 있을지 조용히 손
꼽고 있습니다. 아마도 새해 이후에야 되겠지요, 그렇지요?
얼마나 기쁘게 기다리는지 모릅니다. 소뉴샤, 나는 크리스마
스 선물로 당신의 사진을 가지고 싶습니다. 그것은 당신이 나
에게 줄 수 있는 가장 훌륭한 선물이 될 것입니다.

카를은 뭐라고 편지를 썼나요? 언제 그를 다시 볼 수 있습
니까? 그에게 나의 안부를 수천 번 전해 주세요. 나는 당신을
포옹하고 당신의 손을 꼭 잡고 싶습니다. 나의 사랑하는, 사
랑하는 소니치카! 곧바로 그리고 많이 편지를 보내 주어요.

당신의 로자

브로봉 외교
1917년
11월 24일

나의 사랑하는
귀여운 소니치카,

  원래 당신에게 편지를 쓰려 계획했었는데, 어제 마침 당신의 사랑스러운 편지가 도착했군요. 그래서 나는 유감스럽게 시간도 없고 편안치도 않지만, 그래도 당신과 수다를 떨어야겠어요. 그것이 나에게 좋을 거 같네요.

  "히스테릭한 여자들"에 대해서는 이야기하지 맙시다. 나의 작은 새여, 이해하지 못했나요? 당신의 불행으로 인하여 최고의 여성들이 괴로워하는 것을 감지하지 못했나요? 형용하기 어려운 고통과 말할 수 없는 불안감을 지닌 불쌍한 마르타의 눈을 보세요. 삶의 차단기가 이미 내려진 데다가 실제의 삶은 접해 보지도 만끽하지도 못했다는 불안감을 말하는 것입니다. 루이제는, 내가 그녀를 처음 알게 되었을 때는 지금과는 다른 사람이었습니다. 강인하고 넉넉했으며, 거의 무신경한 듯하면서도 능숙했지요. 고통과, (그녀의 남편과는 다른) 사람들과의 교류가 그녀를 예민하고 연약한 사람으로 만들었습니다. 그녀의 눈을 바라보세요. 얼마나 많은 놀라움, 불안, 모색과 탐색 그리고 고통스러운 실망감이 있는지! 당신이 슬퍼하는 까닭과 같은 모든 것도…. 나는 당신에게 어리석은 위로를 해 주기 위하여 어떤 근거를 대지 않겠습니다. 왜냐하면 다른 이들도 그러한 일로 고통을 겪기 때문입니다. 당신은 자신의 고통을 잊어야만 합니다. 나는 모든 사람들, 모든 피조물에게 자신의 삶이야말로 유일하고 더없이 좋은 자산이라고 알고 있습니다. 신중하지 못하게 부수어 버린 저마다의 작은 비상(飛上)으로도 전체 세상이 몰락하는 것입니다. 세상의 몰락이 모든 삶을 피괴힌다고 본다면, 이 작은 비상이 망쳐진 것으로 보는 이에게는 모든 것이 끝난 것이나 다름없습니다. 그렇습니다. 나는 당신에게 다른 여자들에 대해 이야기하는 것입니다. 바로 당신이 스스로를 잘못 이해하거나 왜곡시키지 않게 하기 위해서입니다. 또한 당신의 고통을 과소평가하거나 무시하지 않도록 하기 위한 것이기도 합니다. 모든 아름다운 멜로디, 꽃, 봄날, 달밤이 당신에게 세상이 제공해야 하는 가장 아름다운 것이자 그리움과 유혹이라면, 내가 당신을 잘 이해하는 것이지요. 내가 알고 있는 것처럼, 당신은 '사랑 속으로' 추방당한 것이지요? 나에게 사랑은, 그것을 하도록 자극하는 대상보다 그 자체로 훨씬 더 중요하고 성스럽지요. 사랑은 세상을 빛나는 동화로 보는 것을 허용하고, 인간에게서 가장 고귀하고 아름다운 것을 이끌어 내며, 가장 일반적이고 미미한 것을 고양시키고, 다이아몬드를 품은 듯 도취 속에서, 황홀 속에서 살아가는 것을 가능하게 하기 때문입니다…. 그러나, 작은 소니치카, 당신은 마르타와 루이제처럼 삶의 경계선에 있는 사람이 아닙니다. 당신은 젊고 아름답습니다. 당신은 아직 올바르게 살아야 합니다. 이제 치명적인 몇 년을 견뎌 내야 합니다. 그러나 그리고 나면 많은 것이 바뀌겠지요. 아무튼 당신은 당신의 가망성을 끝낼 수도, 끝내서도 안 됩니다. 그것은 우스운 일입니다. 나는 당신이 모든 삶에서 행복의 도취 속으로 빠져들어 당신의 권리를 방어했으면 합니다.

내가 처음부터 현대 시인을 싫어했다고 생각한다면 잘못입니다. 나는 약 15년 전에 데멜[50]의 어떤 산문 작품을 열정적으로 읽었습니다. '사랑하는 여인의 임종의 자리에서'라는 작품이 —정확히 기억은 나지 않습니다— 나를 사로잡았습니다. 아르노 홀츠[51]의 시집 『판타수스(*Phantasus*)』를 나는 아직도 기억하고 있습니다. 요한 슐라프[52]의 「봄(Frühling)」(산문 형태의 시)은 당시 나의 마음을 빼앗아 매혹시켰습니다. 그러나 나는 결국 이 시들과 멀어져 괴테와 뫼리케에게로 돌아갔습니다.

나는 호프만슈탈의 작품은 이해하지 못하겠습니다. 제대로 받아들이지 못하는 것입니다. 한편 게오르게의 작품은 알지 못합니다. 정말입니다. 그 작품들이 형식적 표현은 탁월하게 완성되었지만, 위대하고 고귀한 세계관은 부족하지 않나 하고 약간은 꺼려지는 것입니다. 작품의 영혼이 공허하기 때문에 아름다운 형식이 일그러질 것이라는 생각이 듭니다. 그들은 일반적으로 놀라운 분위기를 재현합니다. 그러나 분위기가 인간을 만들지는 못하는 것입니다.

소니치카, 이제 봄날처럼 신비로운 밤입니다. 나는 4시에 앞마당으로 내려갔습니다. 이미 어두운 가운데 비밀스러운 어둠의 베일로 감싸인 섬뜩한 주변을 보았습니다. 반면 하늘은 달콤한 파란색을 띠며 빛나고 있었고 은빛을 띤 선명한 달이 그 위로 떠돌고 있었습니다. 매일 이 시간이면 느슨하고 넓게 무리를 지은 수백 마리의 까마귀들이 앞마당 위를 가로질러 벌판으로 가서, 밤이면 휴식을 취하는 '잠을 자는 나무' 쪽으로 날아갑니다. 그들은 힘차게 날갯짓을 하며 날아가는 도중 특이한 외침을 서로 교환합니다. 그들이 낮에 탐욕스럽게 노획물을 쫓으며 내는 '날카로운 소리'와는 약간 다릅니다. 이제 그 소리는 약해지고 부드러워집니다. 이 소리는 목의 깊은 곳에서 나고, 나에게는 마치 철로 된 작은 총알과 같은 영향력을 발휘합니다. 여러 번 번갈아 울어 대는 이 "까악-까악" 소리가, 마치 새들이 공중에서 원을 그리며 움직이다가 놀이하듯 철로 된 총알을 서로에게 던지는 것 같습니다. 이것은 정말이지 '날을, 오늘이 된 날을' 체험하는 하나의 잡담인지 모르죠. 새들이 매일 저녁 그들의 관습과 정해진 경로를 따르는 것이 나에게는 정말로 엄숙하고 중요하게 여겨집니다. 내가 고개를 쳐들고 마지막까지 쳐다본 거대한 새에 대한 경외심을 느끼는 것입니다. 그러고 나서 나는 어둠속에서 이리저리 거닐었고, 앞마당에서 서둘러 작업을 하는 죄수들이 마치 불분명한 그림자처럼 휙 스쳐가는 것을 보았습니다. 어둠 속에서 나 자신도 보이지 않는다는 것이 기뻤습니다. 그렇게 혼자서, 나의 꿈과 저 위에 있는 까마귀 떼들 사이에 은밀한 인사를 하며 자유를 느꼈습니다. 봄처럼 부드러운 바람 덕분에 나는 기분이 좋아졌습니다. 무거운 냄비(저녁 스프)를 든 열 쌍의 죄수들이 앞마당을 지나 교도소 안으로 두 명씩 나란히 행진하고 있었습니다. 나는 마지막으로 따라갔습니다. 앞마당과 관리 사무소에서 불들이 점차 꺼지고 있었습니다. 나는 교도소 안으로 들어갔습니다. 그리고 문들은 두 겹으로 잠기고 빗장이 걸렸습니다. ─하루가 끝이 난 것입니다.─ 나는 한스 때문에 고통스러웠지만 기분이 좋았습니다. 나는 그가 절대로 죽지 않은, 그러한 꿈의 세계에서 사는 것입니다. 나에게 그는 계속 살아 있습니다. 그를 생각할 때마다 나는 그에게 자주 미소를 보냅니다.

소니치카, 나의 작은 친구여, 잘 지내세요. 나는 당신이 오기를 기쁜 마음으로 기다리겠습니다. 곧 다시 편지 보내 주세요. 우선은 공식적으로, ─그것은 가능할 겁니다─ 그리고 기회가 되는 대로. 나는 당신을 포옹하겠습니다.

당신의 로자

1917년
12월 중순

소니치카,
나의 작은 새여!

당신이 보내 주신 편지를 보고 너무도 기뻤습니다. 답장을
곧 하려고 했지만, 대단히 집중해야만 했던 일이 너무 많았습
니다. 그 때문에 시간을 낭비할 수 없었습니다. 나는 차라리
다른 기회를 기다리려 했습니다. 편안하게 우리 둘만 수다를
떨 수 있는 것이 훨씬 낫기 때문입니다.

나는 러시아에서 온 소식을 읽을 때마다 매일 당신을 생각
했습니다. 당신이 의미 없는 전보를 볼 때마다 대단히 흥분할
것이 상상되어 걱정스러웠습니다. 저쪽에서 오는 것들은 대
부분이 타르타르인에 대한 소식입니다. 그리고 그것은 남쪽
지방에 한해서 곱절이나 맞는 말이긴 합니다만, 소식을 전달
하는 사람들은 (이곳이나 저곳이나 마찬가지로) 혼란을 최대한으
로 과장하고 매번 믿을 수 없는 풍문을 의도적으로 부풀리곤
합니다. 사건을 명쾌하게 알기 전까지, 그렇게 미리 불안해야
할 어떤 근거도 없는 것입니다. 사건들은 그곳에서 보통 평화
적으로 진행되는 것 같습니다. 어쨌건 '전투들'에 대한 모든

소문들은 미확인된 것입니다. 간단히 말해, 사적인 신문 통신원의 조사에 따르자면, 여전히 고삐 풀린 듯한 착란이자 참담하고 불쾌한 당파 싸움입니다. 유대인 박해에 관한 소문은 모두 다 조작된 것입니다. 러시아에서의 박해(포그람)의 시간은 단연코 끝이 났습니다. 게다가 그곳에서는 노동자와 사회주의의 권력이 훨씬 강합니다. 혁명은 반동세력의 독성과 공격에서 정화되었고, 키시네프 사건*은 영원히 끝이 난 것입니다. 오히려 나는 독일의 유대인 박해를 생각해 봅니다…. 어쨌건 적당한 불쾌함, 비겁함, 반동과 둔감함의 분위기가 지배하고 있네요. 이런 관점에서 당신은 남부 러시아에 대해서는 완전히 안심하셔도 됩니다. 다만 페테르부르크의 정부와 우크라이나 인민대표회의 사이에 벌어진 사건들이, 대단히 첨예한 갈등 때문에 극단의 상태에 이르러 있기에, 상황을 타개할 수 있는 해결책과 해명이 곧 제시되어야 할 것입니다. 모든 관점에서 그것은 절대적으로 아무 의미도 목적도 없습니

---

\* 1903년 4월 6일 러시아 극우 민족주의 신문들이 6세 아동의 살인 사건의 범인이 유대인으로 추정된다는 기사를 내보내자, 키시네프 사람들은 분노의 도가니에 빠지게 되었다. 로자가 말하는 유대인 박해란 1903년 키시네프의 일부 사람들이 폭도가 되어 유대인을 살해한 사건을 말한 것이다. 그러므로 로자는 1917년 현재 유대인 사건은 끝이 났다고 말하는 것이다.

다. 당신은 불안과 초조 때문에 수척해지는 것입니다. 그러나 용감해야 합니다. 나의 작은 소녀여, 기운을 내고, 확고하고 편안히 계십시오. 모든 것이 보다 나은 상황이 될 것입니다. 가장 최악의 상황만을 생각하지는 말아요!

나는 곧, 1월에 이곳에서 당신을 볼 수 있으리라 확실하게 기대하고 있습니다. 이제 그렇게 될 것입니다. 마틸데 부름은 1월에 오겠다고 했습니다. 만약 당신이 1월에 방문할 수 없다면 나는 무척 힘이 들 것입니다. 당연하게 받아들일 수는 없지만, 당신이 1월에 올 수 있다면 정말 좋지요. 아마도 마틸데 부름은 2월에나 올 수 있을까요? 어쨌거나 내가 당신을 언제 볼 수 있을지를 알고 싶습니다.

카를이 루카우 교도소에 있은 지 이제 일 년이 됩니다. 나는 이달에 자주 그 일에 대해 생각했습니다. 그리고 바로 일 년 전에 당신이 브론키에 있는 나를 방문했었고, 나에게 아름다운 크리스마스트리를 선물했었지요. 올해에는 내가 이곳에서 하나를 마련했습니다. 그러나 사람들이 작년 것과는 비교도 할 수 없을 정도의, 가지도 별로 없는 허름한 크리스마스트리를 가져다주었습니다. 내가 구입했던 8개의 촛불을 어떻게 달아야 할지 방법을 알 수 없습니다. 이것은 교도소에서의 3번째 크리스마스입니다. 그러나 너무 비극적으로만 받아들이지 말아요. 나는 여느 때처럼 아주 편안하고 명랑합니다.

어제 나는 오랫동안 깨어 있었습니다. 이제 나는 1시 전에는 잠을 잘 수가 없습니다. 그러나 불이 꺼지기 때문에 10시에는 잠자리에 들어야 합니다. 그리고 나서 나는 어둠 속에서 여러 가지 꿈을 꿉니다. 어제 나는 생각했습니다. 내가 계속해서 특별한 이유 없이 즐거운 도취상태에서 산다는 것이 얼마나 신기한지를. 나는 어두운 독방에 놓인 돌처럼 딱딱한 매트리스 위에 누워 있습니다. 내 방안은 일반적으로 묘지에서와 같은 고요함이 지배하고 있어, 마치 무덤 속에 있는 것 같습니다. 창문에서부터 이불 위로, 교도소 앞에서 밤새 타는 가로등 불빛이 드리워집니다. 때때로 기차가 지나가며 내는 덜컹거리는 소리가 아주 희미하게 들려오거나, 무거운 군화를 신은 뻣뻣한 다리를 움직이기 위해 몇 걸음 서서히 옮겨가는 보초가 헛기침하는 소리가 가까이에서 들립니다. 발걸음 아래 모래가 내는 아무런 희망 없는 소리에 존재의 황량함과 절망감이 축축하고 어두운 밤으로 울려 퍼집니다. 나는 어둠, 지루함, 구속과 겨울이라는 다양한 검은 천으로 감싸여, 고요히 혼자 누워 있습니다. 그러나 나의 마음은 이해할 수 없게도 알지 못하는 내면의 즐거움으로 두근거립니다. 마치 내가 밝게 빛나는 태양 아래서 꽃이 피는 초원 위를 가는 것처럼. 그리고 모든 악함과 씁쓸한 거짓말을 벌하고 밝음과 행복으로 변화시키는 어떤 매력적인 비밀을 알고 있는 것처럼. 나는 어둠 속에서 삶에 미소를 짓는 것입니다. 그리고 스스로 이러한 즐거움에 대한 이유를 찾는 것입니다. 그렇지만 아무것도 찾지 못하고 나 자신에 대해 다시 웃어야만 합니다. 나는 삶이 비밀 그 자체라고 믿습니다. 깊은 밤의 어둠은 제대로 바라보기만 한다면 벨벳처럼 아름답고 부드럽습니다. 보초가 천천히 내딛는 발걸음에 축축한 모래가 으스러지면서 삶의 작고 아름다운 노래가 울려 퍼지는 것입니다. ―제대로 귀 기울인다면 말입니다. 그러한 순간들 속에서 나는 당신을 생각합니다. 당신이 도취 속에서 살며 눈부신 초원으로 가도록, 항상 모든 상황에서도 삶의 아름다움과 기쁨을 인지할 수 있도록 당신에게 이 마법의 열쇠를 전하고 싶습니다. 내가 운둔 속에서, 상상의 기쁨만으로 당신을 달랠 수 있을 것이라 생각하지 않습니다. 나는 당신이 원하는 모든 실제적 감각의 즐거움을 당신이 누리기를 원합니다. 작고 평범하지만 당신을 불안하게 하는 모든 것으로부터 스스로를 보호하는, 별을 엮어

만든 외투를 입고 삶을 살아가는 당신을 편안하게 하기 위해, 나의 내면의 끝없는 명랑함을 당신에게 주고 싶습니다.

당신은 슈테그리츠 공원에서 검고 붉은빛이 도는 보라색 열매가 달린 가지를 꺾어 아름다운 다발을 만들었던 적이 있지요. 검은 열매가 달린 라일락이나 ―그 열매는 총채 모양의 깃털 같은 잎 사이에 영글어 무겁고 두꺼운 송이 속에 매달려 있는데 당신은 분명히 알고 있을 것입니다― 아니면 쥐똥나무였던 것 같습니다. 보통 그것의 열매는 날렵하고, 이중으로 똑바르게 배열되어 있으며, 잎은 좁으면서도 길고 초록색입니다. 작은 잎 사이에 있는 붉은색 열매는 작은 모과처럼 보입니다. 그것들은 원래 붉은데, 늦은 계절에는 이미 너무 익어 약간은 물러져 있고, 때로는 보라색에 가까운 붉은빛을 보입니다. 잎들은 미르테 꽃과 비슷한데, 작고, 끝이 뾰족하며, 어두운 초록빛에 윗부분은 가죽 같고 아래는 거칩니다.

소니치카, 당신은 플라텐[53]의 희극 「불운의 쇠스랑(Die verhängnisvolle Gabel)」을 알고 있습니까? 당신이 그것을 나에게 보내 주거나 가져올 수 있을까요? 카를이 한번 언급했지요. 그가 집에서 그 책을 낭독해 준 적이 있습니다. 게오르게의 시들은 아름답습니다. "붉은 곡식의 살랑거림 속에서…"[54]

는 우리가 들녘에서 산책할 때면 당신이 종종 읊조리던 구절입니다. 이제 그 구절이 어디에서 온 것인지 알았습니다. 나에게 「새로운 아마디스(*Der neue Amadis*)」[55]를 베껴 보내 줄 수 있나요? 나는 그 시를 너무도 사랑합니다. ―당연히 후고 볼프의 노래 덕분이지요.― 그런데 여기에 없습니다. 계속해서 『레싱의 전설』을 읽고 있나요? 나는 랑게의 『유물론의 역사(*Geschichte des Materialismus*)』[56]에 빠져 있습니다. 이것은 나를 계속 자극하고 생기를 줍니다. 당신도 이 책을 한번 읽기를 너무나 바라고 있습니다.

아, 소니치카, 나는 이곳에서 대단히 심각한 고통을 경험했습니다. 내가 산책하곤 하는 안마당으로 작은 포대를 가득 실은 군대의 마차들이 자주 옵니다. 포대에는 간혹 피 얼룩이 있는 낡은 군복 상의나 내의가 가득 차 있습니다. 그들은 이곳에 포대를 내려놓고, 분배하고, 수선을 하고, 그리고 다시 실어서 군인에게 전달합니다. 최근에는 말 대신에 들소들이 마차에 매어져 있습니다. 나는 처음으로 가까이서 짐승들을 보았습니다. 그것들은 우리의 소보다 훨씬 힘이 세고 커 보였고, 납작한 머리에 뿔도 납작하게 굽어 있었습니다. 두개골은 우리의 양과 비슷해 보였고, 검고 커다랗고 부드러운 두 눈을 가지고 있었습니다. 그들은 루마니아에서 온 전리품이었습니다…. 마차를 모는 군인들은 이 거친 짐승들을 잡는 데 대단히 힘이 들었다고 이야기합니다. 그들은 자유롭게 사는 짐승이기 때문에 짐을 실어 나르는 용도로 이용하는 데 더욱 힘이 든다는 것입니다. 그들은 전쟁에서 패배한 것이고, 그들에게 "패자는 무참하도다" 같은 말이 적용된다는 것을 이해하기까지 끔찍하게 맞았습니다…. 들소들 중 100마리 정도는 브로츠와프에 머물러 있어야 하는데다가, 풍요로운 루마니아의 목초지에 익숙했던 그들이 비참하고 열악한 사료를 먹게 되는 것입니다. 그들은 짐차를 끌기 위해 무자비하게 이용되고, 그리고 빠르게 죽어 갑니다. 며칠 전에 작은 포대들을 실은 마차 한 대가 들어왔습니다. 짐이 대단히 높게 쌓여 있어서 들소들이 입구의 문턱을 넘을 수가 없었습니다. 들소를 끌고 가는 군인은 잔인한 인간으로, 채찍 손잡이의 두꺼운 끝부분으로 짐승들을 난타하기 시작했습니다. 감시인이 짐승들에게 동정심도 없느냐고 분노하며 그에게 해명을 요구했습니다. "우리 같은 사람들에게는 동정심이란 없어!" 그는 사악하게 웃음 지으며 대답했고 더욱 힘껏 내리쳤지요. 짐승들이 마침내 움직여 높은 문턱을 넘었습니다. 그러나 한 마리가 피를 흘렸습니다…. 소니치카, 들소가 가진 두꺼운 피부의 강인함은 속담으로도 잘 알려져 있습니다. 그런데 그것이 찢어졌습니다. 짐승들은 짐을 내려놓을 때 아주 조용히 서 있었습니다. 지친 데다 피를 흘리는 한 마리는 검은 얼굴에 부드러운 눈매를 하고 마치 눈물을 흘리는 아이와 같은 표정으로 앞을 바라보고 있었습니다. 그것은 바로 심하게 야단을 맞으면서도 이유는 무엇인지, 고통과 거친 완력에서 어떻게 벗어날 수 있는지 알지 못하는 아이의 표정이었습니다…. 나는 그 앞에 서 있었고, 그 동물은 나를 바라보았습니다. 나는 눈물을 흘렸습니다. ―그것은 그의 눈물이었습니다. 사랑스러운 형제가 나의 무능력 때문에 고요히 고통으로 경련하는 것이 가장 고통스러웠습니다. 아름답고 자유로우며, 수액이 풍부한 루마니아의 초록색 목초지는 너무 멀어 도달할 수 없는 곳이 되었습니다! 그곳의 빛나는 태양, 불어오는 바람, 새의 아름다운 소리, 목동들이 편안하게 부르는 소리가 이곳과 얼마나 다르겠습니까? 이곳 낯설고 끔찍한 도시, 습기 찬 외양간에는 구토를 일으키게 하는 부패한 건초와 뒤섞인 썩은 짚, 낯설고 두려운 사람들 그리고 구타, 선명한 상처에서 흘러내리는 피가 있을 뿐입니다…. 오, 나의 불쌍한 들소. 나의 불쌍한, 사랑스러운 형제여, 우리는 이곳에서 서로 말없이 고통과 무능력, 그리움 속에 하나가 되었습니다. 죄수들은 마차 주위를 열심히 뛰어다니며 무거운 포대를 내려놓고 그것들을 안으로 끌고 갔습니다. 그 군인은 바지 주머니에 두 손을 꽂고는 큰 보폭으로 안마당 위를 서서히 걸어갔습니다. 그리고 미소를 지으며 휘파람으로 유행가를 불렀습니다. 그야말로 전쟁이 내 앞에서 스쳐 지나갔습니다.

빨리 글을 써 주어요. 나는 당신을 포옹하겠습니다, 소니치카.

당신의 로자

소뉴샤, 사랑하는 이여, 모든 일에도 불구하고 편안하고 명랑하게 지내세요. 그것이 삶입니다. 그리고 용감하게, 머뭇거리지 말고 웃으며 이 일을 받아들여야 합니다. ─모든 일에도 불구하고. 즐거운 크리스마스 보내세요.

로자

브로추야크
1918년
1월 14일

나의 가장 사랑하는
소니치카,

얼마나 오랫동안 당신에게 편지를 쓰지 않았는지! 몇 달이
된 것 같네요. 그리고 당신이 이미 베를린에 가 있는지 나는
오늘까지도 알지 못하고 있군요. 그러나 이 편지가 당신의 생
일에 맞추어 도달했으면 하는 바람입니다. 나는 마틸데[야쿱]
에게 나의 난초 꽃다발을 당신에게 보내 달라고 청했습니다.
그런데 지금 가장 불쌍한 그녀가 병원에 누워 나의 부탁을 이
행해 줄 수가 없게 되었습니다. 그러나 내가 항상 생각과 온
마음으로 당신 옆에 있다는 것과, 생일을 맞은 당신을 꽃으로
감싸고 싶다는 것을 당신은 알 것입니다. 보라색 난초, 흰 붓
꽃, 강한 향기가 나는 히아신스는 물론 가질 수 있는 모든 꽃
으로 말입니다. 아마도 내년에는 당신의 생일에 내가 꽃을 직
접 가져다줄 수 있고, 당신과 함께 식물원과 들녘을 산책하는
것도 허용되리라 생각합니다. 그것이 얼마나 멋있을까요? 오
늘 이곳은 0도입니다. 그러나 부드럽고 신선한 봄의 미풍이
불고 있네요. 그리고 우유처럼 희고 두꺼운 구름 사이로 깊고

푸른 하늘이 보입니다. 여기에 참새가 아주 즐겁게 짹짹거리고 있어, 아마도 3월 말이라고 생각해도 될 것 같습니다. 사는 동안 사람들이 한 번도 싫증내지 않는 유일한 계절이자, 매년 더욱 존중하고 사랑하는 것을 배우게 되는 봄이라는 계절을 나는 기쁘게 기다리고 있습니다. 소니치카, 유기적인 세계에서는 1월 초에 봄이 시작되어 삶으로의 깨어남이 일어나므로 달력의 봄을 기다리지 않는 것입니다. 달력에 기준을 둔 겨울이 시작되면, 우리는 천문학적으로는 태양 가장 가까이에 있는 것입니다. 그리고 태양은 모든 삶에 비밀스러운 영향력을 가지고 있습니다. 겨울의 눈으로 덮여 있는 우리 북반구의 1월 초에는 마치 마술지팡이가 식물과 동물의 세계를 깨우는 것 같습니다. 꽃망울은 이제 움직이고, 많은 동물들이 번식하기 시작합니다. 최근에 나는 프랑스에서 이루어진 관찰 기록을 읽었습니다. 유명한 사람들의 학문적, 문학적으로 가장 탁월한 작품들이 1, 2월에 완성된다는 것입니다. 동식물과 마찬가지로, 인간의 삶도 크리스마스 이후 태양의 회귀선을 분기점으로 모든 생활력이 유입되는 것입니다. 소니치카, 당신은 눈과 얼음 속에서 피어나는 때 이른 꽃입니다. 그래서 당신은 평생 동안 약간씩 추위를 느끼고, 삶에서 친숙함을 못 느끼기에 온화한 촉성 재배실을 필요로 하는 것입니다.

나는 크리스마스 때 당신이 로댕*을 보내 주어 대단히 기뻤습니다. 곧장 당신에게 감사를 표하려 했지만, 마틸데가 당신이 프랑크푸르트에 있다고 이야기해 주었습니다. 내가 유독 감동받은 것은, 로댕의 자연에 대한 의식, 즉 들녘에 자란 모든 목초에 대한 경외심입니다. 그는 훌륭한 사람이 분명합니다. 개방적이고, 자연스러우며, 내적인 따뜻함과 지력이 넘칩니다. 그는 결정적으로 조레스[57)]를 생각나게 합니다. 브루드쿠렌스**를 이미 알고 있나요? 그가 마음에 드나요? 이 소설이 나의 마음을 사로잡았습니다. 풍경 묘사가 대단히 시적인 힘을 지니고 있기 때문입니다. 브루드쿠렌스는 "'플랑드르' 위에서 하늘의 태양은 다른 대지에서보다 훨씬 더 아름답게 뜨고 진다"고 말한 코스터와 꼭 같습니다. 모든 플랑드르인들은 자신의 나라와 사랑에 빠져, 자신의 나라를 아름다운 대지라 하지 않고 빛나는 새색시와 같다고 묘사합니다. 그리고 이 어둡고

---

* 여기에서 말하는 작품은 오귀스트 로댕(Auguste Rodin)의 『프랑스의 대성당들』이다. 로댕의 스케치화 32점이 담겨 있다.
** 피에르 브루드쿠렌스(Pierre Broodcoorens, 1885~1924): 프랑스 작가로, 플랑드르어로 작품을 썼다.

비극적인 결말에서 역시 『틸 오일렌슈피겔(*Till Eulenspiegel*)』*과 유사한 색채를 발견했습니다. 예를 들면 '공창 없애기'와 같은 경우입니다. 이 책들이 렘브란트의 색채를 떠올리게 하지 않나요? 즉 전체적으로 어두움과 빛나는 낡은 금빛 톤이 뒤섞이고, 모든 세밀한 부분에서 놀라운 사실주의가 엿보이면서, 총체적으로는 동화적 환상의 영역으로 빠져들게 하는 것입니다.

『베를린의 일간지(*Berliner Tageblatt*)』에서 프리드리히 박물관에 위대한 티치아노의 그림이 전시된다고 기사가 났습니다. 당신은 이미 이곳을 방문했나요? 고백하건대, 실은 티치아노는 내가 좋아하는 화가는 아닙니다. 그의 그림은 단정하지만, 나에게는 차갑고 너무 노련합니다. 이렇게 말하는 것이 그의 존엄을 훼손한 것이라면 용서해 주어요. 그러나 나는 나의 느낌에 따르는 수밖에 없습니다. 그럼에도 새로운 그림을 보기 위해 프리드리히 박물관 안으로 갈 수 있다면 나는 행복할 것입니다. 많은 것들을 수집했던 카우프만58)의 유산을 본 적이

---

* 벨기에 소설가 코스터(Charles de Coster, 1827~1879)의 『오일렌슈피겔의 이야기: 그리고 플랑드르와 다른 곳에서의 람 괴츠닥과 그들의 영웅적이고 명랑하며 영광스러운 모험들(*Die Geschichte von Ulenspiegel: Und Lamme Goedzak und ihren heldenmässigen, fröhlichen und glorreichen Abenteuern im Lande Flandern und anderswärts*)』을 말하는 것이다.

있습니까?

지금 내가 읽는 책은 독일에서 셰익스피어에 대해 활발하게 토론이 이루어졌던 60년대와 70년대의 여러 가지 오래된 연구들입니다. 나에게 왕립도서관이나 독일제국 의회 도서관에 소장된 책을 보내 줄 수 있나요? 클라인의 『희곡의 역사: 이탈리아 희곡(*Geschichte des Dramas: Das italienische Drama*)』[59]과 샤크의 『스페인의 극문학과 예술의 역사(*Geschichte der dramatischen Literatur und Kunst in Spanien*)』,[60] 셰익스피어에 대한 게르비누스[61]와 울리치[62]의 연구 등입니다. 당신은 셰익스피어를 어떻게 생각하나요? 편지를 곧 보내 주세요.

나는 당신을 포용하고 당신의 손을 따뜻하게 잡겠습니다. 모든 일에도 불구하고 편안하고 즐겁게 지내세요. 사랑하는 소니치카, 안녕!

당신의 로자

언제 오실 계획이지요?

소니치카, 마틸데[야콥]에게 나 대신에 5마르크어치 히아신스를 보내 주실 수 있지요? 당신이 이곳에 오면 갚아 주겠어요.

1918년
2월 5일

사랑하는 소니치카,

당신이 곧 나에게 올 것이라는 이야기를 듣고 기뻤습니다. 당신이 오는 것을 기다렸기에 편지 쓰는 일을 주저했었습니다. 왜냐하면 내가 요즘 쓰는 단어들이 나를 만족시키지 못하기 때문입니다. 말로 하면 약간은 다를 것입니다…. 두 통의 편지와 울리치의 저서를 보내 주어 대단히 감사합니다. 나는 즉시 그 작품에 몰입했고 아주 많이 만족했습니다. 그의 작품은 재기 발랄하고 흥미롭습니다. 나는 기한 안에 그 책을 다 읽을 겁니다. 아마도 곧 당신에게 돌려보낼 수 있을 겁니다. 다른 책들이 빨리 올 수 없어도, 이것만으로도 기쁩니다. 마틸데[야콥]는 분명히 당신에게 브루드쿠렌스의 저서를 이미 주었을 것입니다. 그 책에 대한 당신의 인상과 판단을 듣는 것이 나에게 대단히 흥미로울 것입니다. 이제 이곳은 대단히 아름다운 초봄의 날이 되었습니다. 오늘 아래에 있는 안마당을 산책할 때, 박새들이 담을 넘어가는 것을 보았습니다. 당신은 이 매력적인 동물들을 잘 모를 테니, 이곳에 온다면 그들을 그림으로 보여 주겠습니다. 당신이 언제 이곳에 올 수

있을지 소식을 기다립니다. 안녕히 계세요. 소니치카, 나는
당신을 포옹하겠습니다.

당신의 죄자

나의 사랑하는
소니치카,

　당신에게 오랫동안 편지를 안 썼군요. 그동안 얼마나 여러
번 당신을 생각했는지 모르겠어요. '시간의 흐름'은 때로 글을
쓰는 즐거움을 나에게서 앗아 가 버립니다…. 사람들과 함께
들녘에서 거닐거나 수다를 떨 수 있다면 은혜로울 것이지만
지금은 그럴 가능성이 없습니다. 전망이 나아질 가능성이 없
음을 쉽게 말할 수 없기에 나는 고통스럽습니다. 짧은 휴가조
차 부탁할 수 없다는 사실도 고통입니다. 우리가 전체 세계를
극복할 때까지 나는 기다려야 하겠지요.

　소니치카, 오랫동안 당신에게서 아무 소식도 듣지 못하면,
당신이 그곳에서 고독하고 불안해 하며, 불쾌함과 의구심을
가진 채 겨울에 나무에서 떨어진 잎새처럼 이리저리 다니고
있을 것이라는 느낌을 갖게 됩니다. 그것이 나에게 대단한 고
통을 줍니다…. 보세요, 지금 다시 봄이 시작됐습니다. 날은
이미 밝아졌고 길어졌습니다. 들녘에는 정말로 볼 것도 들을
것도 많습니다. 자주 밖을 나가 보세요. 하늘에 보이는 쫓기

는 듯한 구름은 대단히 흥미롭고 다양합니다. 토지가 헐벗었어도 이러한 변화무쌍한 빛 덕분에 아름다운 것입니다. 나를 위해 이 모든 것을 충분히 둘러보세요. 사람들이 삶에서 싫증 내지 않는 유일한 것은 항상 새로움의 매력을 가지면서도 성실하게 머물러 있는 것입니다. 당신은 나에게 정확하게 이야기해 주기 위해서, 무조건 식물원에 가야 합니다. 이런 봄 날씨에는 특별한 일이 일어납니다. 새들은 모두 한 달이나 한 달 반 정도 일찍 도착합니다. 나이팅게일은 3월 10일에 이미 이곳에 도착했습니다. 4월 말에야 도착하는 개미잡이는 15일에 이미 와서 웃음을 지었고, 사람들이 "부활절 새"라고 부르는, 5월 전에는 오지 않는 종달새가 이미 한 주 전부터 일출 이전의 아침 여명 속에 피리소리를 내며 울고 있습니다. 나는 정신병원 같은 교도소로부터 멀리서 나는 그 소리를 모두 들었습니다. 이러한 때 이른 귀향길이 나에게 무엇을 뜻하는지 모르겠지만, 이러한 것을 다른 곳에서도 관찰할 수 있는지, 혹은 이곳 교도소의 영향 탓인지 알고 싶습니다. 태양이 비추는 날의 정오에 식물원에 가 보세요, 소니치카. 그리고 나에게 이야기해 줄 수 있도록 모든 것에 귀 기울이세요. 그것이 나에게는 캉브레<sup>*</sup> 격전지의 결말 외에 지상에서 가장 중요한 것이고, 진정 마음이 동하는 일인 것입니다.

당신이 나에게 보내 주었던 그림들은 정말로 아름답군요. 렘브란트에 대해서는 말을 할 필요가 없겠지요. 티치아노의 그림에서는 기수보다도 말이 훨씬 더 매력적입니다. 한 마리의 짐승에 대단히 진실하고 당당한 힘과 기품이 표현되어 있네요. 나는 그것이 가능하리라 생각하지 않았습니다. 그러나 베네치아 출신인 바르톨로메오<sup>63)</sup>의 여성 그림이 가장 아름답습니다(나는 그 그림을 전혀 몰랐어요)! 색채의 도취, 선의 섬세함, 비밀스러운 표현의 마력이 있군요. 그것은 명확하게는 아닐지라도 모나리자를 생각나게 했습니다. 당신은 이 그림들로 나의 감방에 기쁨과 빛의 충족을 주었습니다.

당신은 당연히 헨셴<sup>**</sup>의 책을 가지고 있을 것입니다. 우리가 그의 모든 책들을 가지고 있지는 않다는 사실이 나를 고통스럽게 합니다. H[한스 디펜바흐]는 다른 사람보다는 당신에게 그 책들을 주어야 했습니다. 당신은 요즘 셰익스피어를 얻을

---

\* 캉브레(Cambrai): 프랑스 북부의 도시. 제1차 세계 대전의 격전지(1917, 1918년).

\*\* 헨셴(Hänschen): 한스 디펜바흐의 애칭이다.

수 있나요? 카를은 무엇을 집필하고 있나요, 당신은 언제 그를 다시 보게 되나요? 그에게 나의 안부 인사를 수천 번 전해 주고 나에 대해 이야기해 주세요. —모든 일에도 불구하고 괜찮을 거예요. 그리고 상쾌하고 행복하게 지내며 봄을 기쁘게 기다리세요. 다음 봄에는 우리가 같이 보내게 될 겁니다. 나는 당신을 포옹하겠어요. 친구여, 즐거운 부활절을 맞이하세요. 아이들에게도 인사 전해 주세요.

당신의 로자

1918년
5월 2일

소니치카,

나는 『캉디드(*Candide*)』[64]와 『울펠트 백작부인(*Gräfin Ulfeldt*)』[65]을 읽었습니다. 두 권의 책이 나를 너무도 기쁘게 했습니다. 『캉디드』의 제본이 훌륭해, 나는 차마 그 책을 절개할 수가 없었습니다. 그리고 반으로 접어 읽었는데, 아주 좋았습니다. 전쟁 전에는 인간의 모든 비참함과 악의가 함께 한다는 것이 지나치게 왜곡되어 있는 것처럼 느껴졌는데, 이제는 정말로 현실적이군요…. 결론적으로 이러한 말이 어디에서 유래했는지 마침내 알아냈습니다. "우리의 정원을 가꾸는 것이 필요합니다." 이 말은 내가 이미 때로 사용했던 말입니다. 『울펠트 백작부인』은 흥미로운 문화 기록입니다. 그리멜스하우젠[66]이 복원한 것이지요. 무슨 일을 하고 있나요? 아름다운 봄날을 즐기고 있나요?

언제나 당신의 로자

1918년
5월 12일

소니치카,

　당신의 편지가 나를 너무도 기쁘게 해서, 나는 답장을 하려고 합니다. 식물원을 찾아가는 일이 당신에게 얼마나 많은 즐거움과 감격을 주었는지 보세요. 왜 자주 그런 일을 스스로에게 허용하지 않나요? 당신이 나에게 당신이 받은 인상들을 가지고 따뜻하고 풍부한 색채로 묘사해 줄 때면, 나도 무엇인가를 조금 얻는다는 사실을 보장합니다. 그렇습니다. 나는 가문비나무에 피는 놀랍도록 빛나는 붉은색의 꽃을 알고 있습니다. 그것은 대부분의 다른 꽃들과 같이, 만발하면 매번 보고도 믿을 수 없을 정도로 정말 아름답습니다. 붉은 꽃은 암꽃인데, 이것이 크고 무거운 솔방울이 되는 것입니다. 그것은 방향을 돌려 아래로 매달립니다. 그 옆에 황금색 꽃가루를 퍼뜨리는 수수한 담황색의 수꽃이 있습니다. '페토리아'는 잘 모르겠습니다. 당신이 말하는 것은 아카시아의 일종입니다. 콩목에 속하고 작은 나뭇잎에 털 비슷한 것이 달렸다는 나무는 이른바 '아카시아' 같은 것을 말하는 건가요? 항간에서 말하는 나무는 아카시아가 아니고, 꽃아카시아(로비니아)인 것을 당신은 아마 알 겁니다. 예를 들면 실제의 아카시아는 은엽아카시아(미모사)인 것입니다. 이것의 꽃은 유황색이고 향기는 정말 황홀합니다. 그러나 그 꽃이 베를린의 야외에서 자랄 것이라고는 생각하지 않습니다. 그것은 열대 식물이기 때문입니다. 나는 12월에 코르시카의 아작시오 시내의 한 광장에서 꽃이 핀 거대한 미모사를 보았습니다. 여기에서는 유감스럽게도 창문 밖 먼 곳에 있는 나무의 초록색만 겨우 관찰할 수 있습니다. 담 너머 그 나무의 정수리만 보이지요. 나는 대부분 모양과 색깔 톤으로 나무의 종류를 예상하는데, 거의 답을 맞춥니다. 최근에 부러진 가지가 방 안으로 들어왔는데 그 진기한 모양이 모두의 궁금증을 자극했지요. 모든 사람들이 그것이 무엇이냐고 질문했습니다. 그것은 느릅나무입니다. 쥐트엔데의 거리에서 내가 당신에게 보여 주었던, 향기를 내뿜는 연한 붉은색과 초록색 열매 다발이 기억나나요? 그때는 오월이었지요, 그리고 당신은 그 환상적인 광경에 완전히 매료되었지요. 느릅나무가 심어진 이곳 거리에 사람들이 10년 정도 살았다고 하는데, 아직 꽃이 피는 느릅나무가 어떤 모습인지 알지 못합니다. 일반적인 동물들은 이 같은 둔감함을 가지고 있습니다. 대부분의 도시인들은 근본적으로 보면 진실로 거친 야만인인 것입니다….

　그와는 반대로, 나는 유기적인 본성과 공감능력을 지닌 탓인지 내면의 상처가 아무는 것도 마치 신체의 병처럼 신경의 상태와 결부되어 있습니다. 저기 아래에 볏이 있는 종달새 한 쌍이 새끼를 부화했습니다. 같이 부화한 다른 세 마리는 죽었습니다만, 수컷 한 마리는 벌써 대단히 잘 달리고 있습니다. 작은 두 개의 다리로 깡충깡충 뛰는 참새와는 달리, 종달새는 작고 민첩한 걸음으로 아장아장 우스꽝스럽게 달린다는 것을 당신은 알 것입니다. 그 새는 아마도 잘 날 테지만, 스스로는 곤충, 애벌레 등등의 먹이를 충분히 찾지 못합니다. 거기다가 이렇게 추운 날씨에는, 매일 밤 나의 창문 앞 안마당 아래에서 아주 크고, 날카롭고, 슬프게 웁니다. 그러면 두 마리의 나이 든 새들이 나타나 불안하고 걱정스럽게 "휘드휘트" 하며 약간 작은 소리로 대답합니다. 그러고 나선 어둠과 추위 속에서 먹을 것을 찾기 위해 재빨리 돌아다닙니다. 이윽고 그들은 슬퍼하는 작은 새에게 다가가 구한 먹이를 부리에 넣어 줍니다. 그 일을 매일 밤 8시 30분경에 반복합니다. 창문 아래 날카롭게 우는 소리가 시작되면, 나는 두 마리 작은 부모 새들의 불안과 보살핌을 봅니다. 그리고 나에게 문자 그대로 심장의 경련이 일어납니다. 나는 아무것도 도움을 줄 수 없습니다. 왜냐하면 종달새는 대단히 부끄러움을 많이 타기 때문에, 사람들이 빵을 던져 주면 그들은 날아가 버립니다. 강아지처럼 뒤따라오는 비둘기나 참새와는 다릅니다. 내가 세상의 모든 굶주린 종달새들을 책임질 수 없고 ─매일 포대를 안마당으로 끌고 오는─ 매 맞는 모든 들소들 때문에 울 수 없는 것이 어쩔 수 없는 일이라고 나 혼자 쓸데없이 말을 하지만, 이런 일은 나에게 아무런 도움이 되지 않습니다. 그러한 일을 듣고 보면서 나는 정말로 병이 들었습니다. 권태를 느낀 찌르래기가 하루 종일 가까운 어딘가에서 흥분된 수다를 반복하다가 돌연 며칠 동안 침묵하면, 나는 그가 어떤 나쁜 일을 당했는지 몰라 불안해집니다. 그리고 그가 내는 의미 없는 소리로 그가 잘 있다는 것을 알 수 있기를 바라며 괴로워하며 기다립니다. 나는 나의 감방에서 보이지 않는 섬세한 끈을 통해 천 마리의 작고 큰 동물들과 사방으로 연결되어 있습니다. 그리고 불안, 고통, 자기 비난으로 모든 것에 반응합니다…. 이 새들과 다른 동물들에게 나는 멀리에서도 마음으로 텔레파시를 보내는 것입니다. '살아가는 것'이라기보다 다만 세월이 돌이킬 수 없이 흘러간다는 것 때문에 당신이 고통스러워한다는 것을 나는 느낍니다. 그러나 인내심과 용기를 가지세요! 우리는 아직도 살아 있고, 위대한 것을 경험하게 될 것입니다. 이제 우리는 어떻게 낡은 세계 전체가 가라앉게 되는지 우선 보게 될 것입니다. 매일 한 조각, 하나의 새로운 타락, 하나의 거대한 몰락을…. 대부분의 사람들은 전혀 인지하지 못해서 아직까지 확고한 기반 위에서 생활하는 것으로 믿는 것이 우스꽝스러운 것이지요.

소니치카, 혹시 『질 블라스(Gil Blas)』와 『절름발이 악마(Le Diable boiteux)』를 구해 줄 수 있나요? 나는 르사주[67]를 전혀 모르지만 오래전부터 읽고 싶었습니다. 그를 아십니까? 최악의 경우 내가 레클람 판으로 사겠습니다.

나는 진심으로 당신을 포옹하겠습니다.

당신의 로자

아마도 펨페르트는 스테인 스트뢰벨스[68]의 『아마(亞麻) 밭(De vlaschaard)』[69]을 가지고 있을 겁니다. 그 사람도 역시 플랑드르 사람입니다. 그 책은 인젤 출판사에서 출간되었어요. 아마도 대단히 좋은 작품일 것입니다. 카를이 어떻게 지내는지 곧 편지 보내 주세요.

1918년
5월 24일

나의 사랑하는
소니치카,

　당신의 훌륭한 성령강림절 선물이 나에게 큰 기쁨을 주었습니다. 나는 당연히 그 선물로 달려갔고, 지금 읽고 있습니다. 나는 이 작품에서 그리멜스하우젠의 『짐플리치시무스의 모험(*Der abenteuerliche Simplicissimus*)』[70]과 유사한 것을 많이 찾아냈는데, 『캉디드』와도 또한 비슷하군요. 도미에*를 떠올리게 하는 지구**의 훌륭한 스케치가 정말로 나를 가장 놀라게 했습니다. 지구는 그의 선배이지요. 유명한 예술가들의 작품 —문학을 비롯하여— 가운데 당시에는 흩어져 있던 것들을 후세를 위하여 하나로 모은 것이군요. 셰익스피어의 경우도 그러하리라 추측합니다. 나는 아직도 당신의 편지를 기다립니다. 당신이 하는 일, 느끼는 일, 그리고 아이들의 휴가 계획이 어떤지 열렬히 듣고 싶네요. 당신의 여행 계획에 대

---

\* 　도미에(Honoré Daumier, 1808~1879): 프랑스의 풍자화가이자 판화가.
\*\* 　지구(Jean François Gigoux, 1806~1894): 프랑스의 화가이자 삽화가.

해서도 듣고 싶습니다. 아름다운 지역이 당신에게 도움이 될 겁니다.

나는 당신을 진심으로 포옹하겠습니다. 그리고 『질 블라스』를 보내 주어 감사합니다.

당신의 RL

아이들에게도 안부 전해 주세요.

1918년
7월 19일

소니치카,
나의 작은 소녀여,

내가 당신의 오랜 침묵에 대해 화가 났다고 하면 어떤 생각
이 드나요? 나는 그 사이 당신에 대해 많은 생각을 했습니다.
당신이 이 일 저 일들을 어떻게 체험하는지 그리고 불안하진
않을지, 나 자신에게 항상 질문을 했습니다. 이 시대는 어렵
고 혼란스럽습니다. 그러나 모든 일에도 불구하고 정신을 차
리고, 구름이 있는 모든 아름다운 하늘과 꽃 피는 초원을 볼
수 있는 것에 기뻐해야 합니다.

당신이 나의 메디[우르반]*를 매력적으로 여겨 주어서 대단
히 감사합니다. 당신들 둘이 서로 잘 맞을 것을 알고 있었습
니다. 그러나 나는 당신의 고집스럽고 어린아이 같은 작은 머
리를 닦아 주어야 합니다. 왜 시골로 가지 않습니까? 집이 편
안하게 느껴지나요? 그러나 그것은 올바른 것이 아닙니다.
당신은 환경의 변화를 필요로 합니다. 아름다운 자연, 다른

---

* 메디(Medi Kautsky-Urban, 1892~1978): 카를 카우츠키의 아내.

이들을 통한 좋은 보살핌이. 제발, 이성적이 되어 보세요. 당신이 지금 스스로를 마구 다룬다면, 당신의 신경은 가을이나 겨울에는 당신에게 복수를 할 것입니다. 진지하고 절실하게 부탁합니다. 당신은 여름을 허비하지 말고 이성적인 결정을 내려야 합니다. 메디와 함께 몇 주 동안 케른텐으로 가 보세요. 아이들이 돌아오면 당신의 시누이가 분명히 당신을 대신할 수 있을 겁니다. 내가 움직일 수 있었다면, 나는 분명히 메디와 함께 여행을 갔을 것입니다. 산의 초입 부분과 강 주위에 있는 잘 알려지지 않은 작고 독특한 안식처가 나를 유혹합니다.(나는 벌써 그 이름을 잊었네요.)

당신은 어머니에게로 갈 수 있나요? 독일 외무부와 베를린에 있는 우크라이나 대표부에 문의하세요. 내 생각에는 현명하신 당신의 어머니가 베를린으로 가도 될 것입니다. 문의해 보는 것은 어쨌거나 어떤 해도 주지 않습니다.

오늘 다시 멋진 천둥번개가 내리쳤습니다. 나는 창살을 통해 밖을 내다보고 뫼리케를 생각했습니다.

나의 곱슬머리를 흩트려 놓는구나, 그대들 바람이여!
그대의 얼굴을 감추어라, 다정한 하늘이여.

진정시키는 이 구름의 잿빛으로.

그대의 커다란 물방울을 더 촘촘하게 떨구거라.

이 풀밭 위로, 이 나무들 위로

이 넘치는 강 위로!

아, 습기 찬 아름다운 뇌우여!

그대는 나에게 생기를 주니,

그대의 커다란 물방울을 떨구어라!

둥근 하늘에 천둥이 친다.

그것은 슬프고

활기를 잃은 죽음의 상태에 있는

나에게 자극을 주어,

나는 살아 있다 느낀다.

고독한 나는 변화를,

죽은 듯이 보였던 자연의 행위를 본다.

—「야외에서(Im Freien)」

나는 당신이 그립습니다. 그리고 9월을 기쁜 마음으로 기다리지만, 당신이 그전에 시골 어디엔가 머물렀으면 하는 것입니다. 배고픈 어린 종달새가 다시 밖에서 울고 있네요. 이

것이 두 번째로 탄생한 새끼입니다. 나는 모든 것에 흥분하고 있는 것이 틀림없어요…. 곧 다시 편지를 쓰겠습니다. 사랑하는 이여.

당신의 RL

1918년
9월 12일

나의 가장 사랑하는
소니치카,


　당신이 최근 보내 준 두 통의 편지가 나를 너무도 기쁘게
했습니다. 나는 당신에게 오래전부터 편지를 쓰려고 했지만
건강이 특별히 좋지 않았습니다. 당신도 좋은 기분이 되도록,
당신 앞에서는 항상 상쾌하고 즐겁게 보이고 싶었습니다. 오
늘 나는 건강상태가 그리 좋지 않지만, 더 이상 지체하지 않
으려 합니다. 더욱이 우리는 당신의 방문에 대해 이야기해야
합니다. 나는 당신이 약속을 지키리라 생각합니다. 10월에
온다고 했지요. 정말로 기쁜 마음으로 기다리고 있습니다.
이런 의미에서 마르타[로젠바움]에게도 동시에 편지를 쓰겠습
니다. 그리고 이 약속을 변경하지 말아 주세요. 이렇게 하는
것이 당신에게 편리하고 즐거운 상태라면 당연히 괜찮은 것
입니다. 만약 10월에 당신이 방문하는 것이 불편하다면, 나에
게 즉각 편지를 쓰세요.(그렇지만 어떤 다른 사람과 '교환'을 약속하
지 마세요.) 그렇지 않으면 10월에 올 당신을 기다리는 것으로
하지요, 알겠지요? 우리는 이번에 한 번 혹은 두 번 함께 외출

할 수 있을 것입니다. 나는 대단히 초조하게 기대하고 있습니다. 나는 이곳에 온 뒤로 당신과 야외에 나가 약간이라도 세상을 볼 수 있는 기쁨을 한 번도 누리지 못했습니다. 마틸데[야콥]는 당신이 이 일을 꼭 실행해야 한다고 당신에게 말할 것이고, 나도 같은 말을 하겠습니다. 왜냐하면 이것은 대단히 간단하기 때문입니다. 9월에 사령관에게 2번의 방문과 2번의 외출 허가를 받기 위한 편지를 쓰세요. 그러고 나면 우리는 함께 이곳 숲에서 몇 시간 행진하며 꽃들을 수집할 수 있을 것입니다.

마틸데가 나에게 말하길, 당신이 어머니에게서 소식을 들은 이후, 마치 새로 태어난 것 같다는군요. 그것이 나에게 유일한 위로가 되었습니다. 나도 당신의 편지에서 당신이 휴가를 어느 정도 즐겼다는 것을 보았습니다. 그러나 당신이 올바른 나라에서 체류하지 않았다는 것은 고통스러울 정도로 아쉬운 일입니다. 우리가 동쪽이나 서쪽을 생각해 볼 때면, 대략 같은 것이나 적어도 비슷한 것을 생각하지요. 인간의 이성이 지배하기 전 사물의 혼란함은 마치 제어 불가능한 무질서함이 정점에 달한 것처럼 보입니다. 그러나 그것은 통제를 받아야 합니다. 나는 16세기와 17세기의 옛 독일 문학 작품을 많이 읽고 있습니다. 그 외에 동화와 같은 영향력을 지닌 놀라운 식물학 저서도 읽었습니다. 그것은 학문적으로 엄격한 기초적 저서입니다. 『실락원(*Das verlorene Paradies*)』[71]은 나로서는 읽는 것이 거의 불가능합니다. 얼마 전에 여러 번 시작해 봤는데 되지 않았습니다. 나는 토르콰토 타소[72]의 『해방된 예루살렘(*Das befreite Jerusalem*)』도 시도해 봤습니다. 기대를 했지만 똑같이 별 소득이 없었습니다. 이런 일들 때문에 나의 빛은 꺼져 버렸습니다. 당신은 그것을 극복할 수 있습니까? 당신이 나에게 선물했던 플랑드르의 책에는 놀라운 스케치들이 들어 있더군요. 그것은 자주 테니르스[73]를 떠오르게 합니다. 그리고 다시 지옥의 브뤼헐[74]을 생각나게 합니다.

올 수 있을지, 언제 올지 곧 편지를 써 주세요. 사랑하는 이여.

수천 번의 인사를 보냅니다. 나는 당신을 포옹하겠습니다.

당신의 RL

사랑하는
소니치카,

나는 그저께 당신에게 편지를 썼습니다. 오늘까지 나는
독일 제국 수상에게 보낸 나의 전보에 대해서 어떤 소식도
듣지 못했습니다. 아마 며칠 더 걸릴 겁니다. 어쨌건 하나는
확실합니다. 이러한 감시 아래에서는 더 이상 친구들의 방
문을 받고 싶지 않습니다. 나는 몇 년 동안 인내심을 가지고
견디어 냈습니다. 그리고 다른 상황에서도 몇 년 동안을 똑
같이 인내심을 가지고 보냈지요. 그러나 상황의 변화가 발
생한 다음에는, 나의 마음에도 틈이 생겼습니다. 내가 관심
을 가지고 있는 것에 대해 감시를 받으며 이야기를 나누는
것이 너무도 부담이 되어, 나는 차라리 우리가 자유로운 상
태에서 서로를 볼 수 있을 때까지 당신의 모든 방문을 포기
하겠습니다.

이러한 상황은 그리 오래 지속되지 않을 것입니다. 디트
만[75]과 쿠르트 아이스너[76]가 석방되었다면, 그들은 나를 더
오래 교도소에 감금할 수 없을 것입니다. 그리고 카를도 곧

석방될 것입니다. 차라리 우리 베를린에서의 재회를 기다리
지요.

  그때까지 수천 번의 인사를 보냅니다.


                        언제나 당신의 초자가

# 삶과 자연에 대한 사랑 그리고 휴머니즘

## 삶과 자연에 대한 사랑

로자가 소피 리프크네히트에게 보내는 옥중서신에서 로자의 마르크스주의 이념은 그리 많이 드러나지 않는다. 그녀의 편지들에는 소피의 남편인 카를 리프크네히트가 체포되어, 그로 인해 고통을 겪는 소피의 상태를 걱정하는 내용이 반복적으로 나타난다. 로자는 소피가 치유될 수 있도록 휴양이나 식물원에 갈 것을 여러 번 강조한다. 그러나 정작 그녀 자신은 고통스러운 상태에서도 삶 그대로 받아들이려고 노력하고 있음을 강조하여 소피에게 말하고 있다. 즉 로자는 삶을 긍정하고 그 자체를 받아들이는 아모르 파티(Amor Fati)의 신념으로 살아가는 것이다.

로자는 자신의 교도소 생활로 인한 괴로움에도, 지속적으로 교도소 밖 베를린에서 소피와의 즐거웠던 시절, 자연 속에서 함께 즐겼던 때를 자주 언급한다. 그리고 곧 그녀를 다시 만날 것을 기대하거나 작은 선물을 보내기도 하며, 자신이 읽은 저서 등을 적어 보내고 읽을 책을 추천하는 등, 소소한 작은 일상사를 많이 언급하고 있다. 특히 그녀는 자연 속 꽃과 나무, 하늘, 구름, 나비, 벌 등을 관찰하고 주위에 있는 새들의 노래에 귀 기울인다. 로자는 스스로 새와 동물의 언어를 이해할 수 있다고 말하면서, 이는 아마 자신이 뭔가 잘못되어 인간의 모습을 지니게 된 작은 새거나 동물이기에 그런 것 아닐까라고 덧붙인다. 그리고 그녀는 솔로몬 왕처럼 자신이 자연과의 독특한 교감을 가지고 있음을 말한다. 이러한 일상에 대한 소소한 기억과 자연과의 교감이 언제 끝날지 모르는 힘든 교도소 생활을 버텨 나갈 수 있는 힘이 되었을 것이다. 로자의 편지 속에서 볼 수 있는 꽃, 새 그리고 하늘의 풍경을 비롯한 자연에 대한 표현은 다음과 같은 것이다.

"그렇지만 역시나, 태양의 색을 지니고서도 태양빛에 감사해 하듯 활짝 피었다가, 조금이라도 그늘이 드리우면 다시 수줍게 지는 소박한 민들레를 보는 것이 훨씬 더 즐겁지요.

요사이 밤과 저녁은 정말 멋있네요! 어제는 설명할 수

없는 마법이 모든 것을 덮고 있었어요. 모호한 색의 줄무
늬가 그려진, 빛나는 오팔색의 태양이 지고 난 뒤 늦은 시
간의 하늘은, 화가가 낮에 열심히 작업한 뒤 휴식을 위해
큰 동작을 취하며 물감을 닦아 내는 거대한 팔레트처럼 고
른 색을 띠고 있었습니다. 대기 중에는 소나기가 오기 전
의 무더위가 느껴졌고, 약간의 불안한 긴장감이 느껴졌습
니다. 즉 덤불들은 미동도 하지 않고 나이팅게일 소리도
들리지 않았는데, 작은 머리를 가진 검은 새가 가지를 스
치고 가면서 지칠 줄 모르고 날카롭게 소리 내어 울었습니
다."(1917년 6월 1일 편지)


"소파에 있을 때 창유리에서 붉은빛이 번쩍이며 반사되
는 것을 보고 깜짝 놀랐지요. 하늘이 완전히 잿빛이었습니
다. 나는 창가로 뛰어갔습니다. 그리고 마치 무엇엔가 사
로잡힌 듯 서 있었지요. 완전히 잿빛인 하늘 동쪽에 천상
에서나 볼 수 있을 아름다운 장밋빛의 거대한 구름이 겹겹
이 층을 이루고 있었습니다. 모든 것과 동떨어져 홀로. 그
것은 마치 미소나, 낯선 타향에서 보내는 인사와 같았습니
다. 나는 해방된 듯 숨을 들이마셨고, 어느새 그 매혹적인
형상을 마주하여 두 손을 뻗었습니다. 그러한 색채나 형
태가 있다면, 삶은 아름답고 살 가치가 있지요. 그렇지 않

나요? 나는 빛나는 그 모습을 눈으로 흡수하고, 그 형상이 내뿜는 모든 장밋빛을 삼켰습니다. 그러다 갑자기 내 자신에게 웃음을 터뜨리지 않을 수 없었습니다. 신, 하늘, 구름 그리고 삶의 총체적 아름다움이 브론키에만 있는 것이 아니니, 나는 그들에게 이별을 고할 필요가 없습니다. 그들은 나와 함께 떠나 내가 살아 있는 한 같이 있을 것입니다."(1917년 7월 20일 편지)

그녀의 자연에 대한 묘사는 흡사 풍경화를 보는 것처럼 느껴진다. 그녀는 자연의 아름다움을 표현할 때 괴테 등의 시를 인용하거나 화가의 그림에 빗대어 설명하는 등의 방법으로 그 내용을 풍요롭게 하고 있다. 로자가 유독 관심을 갖는 것은 자연시들이고 그 시들을 암송하여 인용하고 있다. 인용하는 작품들은 괴테의 「봄은 해마다」, 「제비꽃」, 「꽃의 인사」, 데멜의 「꿈의 신」 그리고 슐라프의 「봄」 등이다. 또한 그녀는 "들녘에 피어 있는 모든 목초에 대한 경외심"을 표현한 로댕을 극찬하고 있다.

그녀의 삶(생명)에 대한 사랑은 죽어 가는 공작나비와의 에피소드에서 찾을 수 있다. 그녀는 죽어 가는 공작나비가 살아나길 열렬히 바랐고, 결국 살아난 공작나비로 인한 행복감을 소피에게 알리면서 생명의 소중함을 이야기한다.

## 휴머니즘: 약자를 위한 정의 구현에 대한 갈망

　로자는 약자의 고통을 마치 자신의 고통처럼 괴로워하는 마음을 종종 토로한다. 그녀는 인간이 이기심을 채우기 위해 자연을 파괴하는 것을 보면서, 이를 강자에 의해 멸망해 갔던 인디언의 예와 연결시키고 있다.


　"어제 나는 독일에서 새들이 감소하는 원인에 대해 읽었습니다. 더욱 합리적인 산림경영, 정원 문화와 농경지의 증가가 새들에게서 모든 자연의 안식과 자양분이 되는 조건을 —텅 빈 나무, 황무지, 덤불, 정원 바닥의 시든 잎사귀를— 단계적으로 없애고 있기 때문이라는 것입니다. 책을 읽으면서 너무 마음이 아팠습니다. 나에게는 인간을 위한 노래는 문제가 아닙니다. 이 저항할 수 없는 작은 창조물이 은밀하게 지속적으로 몰락하는 현상이 나를 너무도 고통스럽게 하여, 나는 울지 않을 수 없었습니다. 이것은 내가 취리히에서 읽었던, 러시아의 지버 교수가 쓴 북아메리카 인디언의 몰락에 대한 저서를 기억나게 했습니다. 그들은 문명인들 때문에 점차적으로 자신들의 땅에서 추방되거나 조용히 고통스럽게 희생되었던 것입니다."(1917년 5월 2일 편지)

"나는 대학생 때 취리히에서 지버 교수의 『원시 경제 문화의 개요(*Ocherki pervobytnoi ekonomicheskoi kultury*)』를 뜨거운 눈물을 흘리며 읽었던 것을 아직도 기억합니다. 이 책은 유럽인들에 의해 미국의 인디언들이 체계적으로 억압되고 말살되는 것을 묘사하고 있습니다. 나는 절망하여 주먹을 쥐었습니다. 그러한 것이 가능했었고, 아무런 보복이나 앙갚음이 이루어지지 않았다는 점, 그리고 아무도 벌을 받지 않았다는 사실에 나는 고통으로 몸을 떨었습니다. 그들이 인디언에게 행했던 모든 고문을 비난하기에는 그 스페인 사람도, 그 앵글로아메리카인도 이미 죽거나 살해된 지 너무 오래된 것입니다."(1917년 11월 중순 편지)

지버 교수의 저서에서 볼 수 있듯, 미국 개척 시기 인디언의 역사는 앞선 문물을 지닌 문명인에 의한 약자의 희생인 것이다. 인디언의 희생의 역사에 대한 로자의 분노와 공감은, 그녀가 약자를 위한 정의로움의 구현을 갈망하기 때문이며, 다른 한편 자신의 고통이 투영되었다고도 할 수 있을 것이다.

고통 받는 자에 대한 로자의 연민과 공감능력은 인간에게만 해당되는 것은 아니다. 로자가 개미무리에 의해 죽어 가는 말똥구리를 언급하는 장면에서도 찾아볼 수 있다. 그녀는 개미떼에게 공격을 받아 죽어 가는 말똥구리를 가까스로 구했지만, 이미 개미에 의해 다리가 먹힌 말똥구리에게 별 도움이 되지 못했다는 사실에 괴로워한다.

로자는 교도소 내에서 드러나는 인간의 잔혹함도 언급한다. 그녀는 루마니아에서 온 들소가 잔인한 독일 군인에게 구타당하는 것을 보고 눈물을 흘리면서도, 들소를 위해 아무런 일도 할 수 없는 자신의 상황으로 먹먹하기만 한 마음을 표현하기도 한다.

## 주석

1  『자산가』(1906): 영국의 소설가이자 극작가인 존 골즈워디(John Galsworthy, 1867~1933)의 작품. 그는 이 소설로 등단하여 1933년 노벨문학상을 받았다.

2  성 안토니우스(Saint Antonius, 251년경~356년경): 이집트 출신의 기독교 성인이다. 안토니우스는 이집트의 니트리아(Nitria) 사막에서 13년 동안 은거하여 금욕생활을 한 수도한 은수자 중의 한 사람이다.

3  『레싱의 전설』(1893): 독일의 정치가, 역사가이며 언론인인 프란츠 메어링(Franz Mehring, 1846~1919)의 작품. 그는 처음으로 카를 마르크스의 전기를 저술한 사람으로, 이것을 계기로 마르크스주의를 추종하는 역사가 중의 주요한 한 사람이 되었다.

4  요한 크리스티안 프리드리히 횔덜린(Johann Christian Friedrich Hölderlin, 1770~1843): 독일의 작가.

5  피에르 로티(Pierre Loti, 1850~1923): 프랑스의 해군 장교이자 소설가.

6  구스타브 폰 케셀(Gustav von Kessel, 1846~1918): 프러시아 군대의 최고 사령관.

7  오스카 콘(Oscar Cohn, 1869~1934): 독일의 정치인. 그는 원래 독일 사회민주당(SPD)에 속했으나, 1차 세계 대전에 대한 SPD와의 견해 차이로 새로 결성된 독립 사회민주당(USPD)에 가입하였다. 그러나 1920년 독일 사회민주당의 다수와 독일 공산당(KPD)이 통합하여 통일 공산당(VKPD)이 되자 1922년 다시 SPD로 되돌아왔다.

8  토머스 배빙턴 매콜리(Thomas Babington Macaulay, 1800~1859): 영국의 역사가로, 진보적 성향의 휘그당(Whig Party)원이자 작가.

9   타우흐니츠 출판사: 크리스티안 베른하르트 타우흐니츠(Christian Bernhard
    Tauschnitz, 1816~1895)에 의해 창립된 출판사.

10  아이덴바흐(Aidenbach): 바이에른에 있는 지역의 이름.

11  프란츠 펨페르트(Franz Pfemfert, 1879~1954): 독일의 신문기자로, 잡지 『행동
    (Die Aktion)』의 편집자.

12  조지 버나드 쇼(George Bernard Shaw, 1856~1950): 아일랜드 출신의 극작가.
    1925년 노벨문학상 수상자. 주요 작품으로 「인간과 초인(Man and Superman)」
    (1903), 「피그말리온(Pygmalion)」(1913)과 「성녀 조앤(Saint Joan)」(1923)이 있
    다. 쇼의 「피그말리온」은 1964년 영화 「마이 페어 레이디」로 만들어져, 그
    에게 대중적인 명성을 가져다주었다.

13  오스카 와일드(Oscar Wilde, 1854~1900): 아일랜드의 시인, 소설가 겸 극작
    가. 대표작은 『도리언 그레이의 초상(The picture of Dorian Gray)』(1891)이다.

14  게르하르트 하웁트만(Gerhart Hauptmann, 1862~1946): 독일의 희곡작가이
    자 소설가. 자연주의 문학의 선구자이다. 1912년 노벨문학상을 수상하였
    다. 『기독교광 에마누엘 크빈트』(1910)는 그의 장편 소설이다.

15  토마스 만(Thomas Mann, 1875~1955): 독일의 작가. 1929년 노벨 문학상을
    수상하였다. 그의 대표작은 『마법의 산(Der Zauberberg)』(1924)과 『선택받은
    사람(Der Erwählte)』(1951) 등이다.

16  괴테의 시 「봄은 해마다(Frühling übers Jahr)」(1816)이다. 괴테의 아내 크리스
    티네는 당시 건강이 좋지 않았다. 1815년 카를스바트(현재 체코의 카를로비
    바리)에서의 휴양으로 완화된 듯하였으나, 다시 악화되었다. 1816년 봄이
    되자 아내의 건강이 완화되어, 그녀는 정원일과 집안일을 할 수 있게 되
    었다. 「봄은 해마다」는 아내가 병을 극복할 수 있기를 바라는 시인의 희
    망을 표현한 것이다.

17  후고 볼프(Hugo Wolf, 1850~1903): 오스트리아의 작곡가. 괴테의 시로 작곡
    하였다.

18  후고 파이스트(Hugo Faißt, 1862~1914): 독일의 변호사이며 슈투트가르트에 후고 볼프 협회를 설립하였다.

19  괴테의 시 「제비꽃(Veilchen)」(1774)의 한 대목으로 모차르트가 이 가사에 곡을 붙였다.

20  뫼리케(Eduard Mörike, 1804~1875): 독일의 시인이자 소설가. 대표작은 『화가 놀텐(Maler Nolten)』(1832)과 『프라하로 여행하는 모차르트(Auf der Reier nach Prag)』(1856)이다.

21  이 소설은 앙리 바르뷔스(Henri Barbusse)가 서부전선에서 프랑스 군인으로 경험한 것을 바탕으로 쓴 『포화, 일 분대의 일기(Le Feu: Journal d'une escouade)』를 말한다.

22  괴테의 『여우 라이네케』(1793): 12개의 노래로 이루어진 서사시.

23  리히텐라데(Lichtenrade): 베를린의 남쪽에 위치한 지역 명칭.

24  실러(Friedrich Schiller, 1759~1805): 독일의 작가. 그는 『군도(Die Räuter)』(1781)로 명성을 얻었고, 『돈 카를로스(Don Carlos)』(1787), 『발렌슈타인(Walleinstein)』(1799) 등의 대표작이 있다.

25  이 구절은 괴테의 시 「연인의 곁에서(Nähe des Geliebten)」(1795)의 한 구절이고 1799년 베토벤(Ludwig Van Beethoven)이 작곡하였다. 이 노래는 괴테의 작품 중 가장 유명한 노래 중의 하나이다.

> 햇빛이/바다를 비출 때/나는 그대를 생각합니다.
> 달그림자/샘에 어릴 때/나는 그대를 생각합니다.
> 먼 길 위에/먼지 자욱이 일 때/나는 그대 모습 봅니다.
> 깊은 밤/좁은 오솔길을 나그네가 지날 때/나는 그대 모습 봅니다.
> 물결이/거칠게 출렁일 때/나는 그대 목소리 듣습니다.
> 모두가 잠든/고요한 숲속을 거닐면/나는 또한 그대 목소리 듣습니다.
> 그대/멀리 떨어져 있어도 나는 그대 곁에/그대는 내 곁에 있어요.
> 해는 기울어/별이 곧 반짝일 것이니/아, 그대 여기 있다면.

26 파울 그젤(Paul Gsell)이 로댕의(August Rodin)의 예술 대담을 수집하여, 『예술: 그젤과의 대화』란 제목으로 출판함.

27 조레스(Jean Jaurès, 1859~1914): 프랑스의 사회주의 정치가이자 저술가. 그는 전쟁을 막을 것을 호소하다가, 1차 세계 대전 발발 전 극우파에 의해 암살당했다.

28 춘델(Friedrich Zundel, 1875~1948): 화가이자 농부이자 후원자. 클라라 체트킨과 1899년 결혼하여 1926년 이혼함.

29 괴테의 「코프트의 노래(Kophtisches Lieder)」(1796) 중의 한 구절.

학자들은 다투고 싸운다.

선생님들은 사려 깊고 엄격하다.

모든 시대의 현자들은

웃으며 주의하고 조정한다.

바보가 개선될 것을 기대하는 것은 어리석다.

지혜의 자식이며, 그대들이 바보들을 바보 취급하는 것이 온당한 것이다.

노인 메를린의 빛나는 무덤가에서

나는 젊은 그에게 말을 걸었다.

바보가 개선될 것을 기대하는 것은 어리석다.

지혜의 자식이며, 그대들이 바보들을 바보 취급하는 것이 온당한 것이다.

이집트의 땅속에서

나는 성스러운 단어를 들었다.

지혜의 자식이며, 그대들이 바보들을 바보 취급하는 것이 온당한 것이다.

30 장-프랑수아 밀레(Jean-François Millet, 1814~1875): 프랑스 화가.

31 구노(Charles-François Gounod, 1818~1893): 프랑스의 작곡가로, 대표작으로는 오페라 「파우스트(Faust)」(1859)와 「로미오와 줄리엣(Romeo et Juliette)」(1867)이 있다.

32 여기에서 언급되는 제목은 괴테의 『서동시집』의 「낙원의 서(Buch des Paradieses)」 중 '천국에 들어갈 자격 있는 사나이'를 뜻한다.

33   가곡 「아나크레온의 무덤」: 그리스 시인 아나크레온의 무덤가에서 시인
을 추모하는 곡으로, 후고 볼프(Hugo Wolf)가 작곡하였다.

여기 장미꽃 피고, 포도나무 덩굴이 월계수를 휘감고 있다.

비둘기는 유혹하고, 귀뚜라미 흥겨워하는 곳

모든 신이 인간의 삶과 함께한

여기 무덤에는 얼마나 아름다운 꽃이 피는지!

이곳이 아나크레온이 쉬고 있는 곳.

행복한 시인은 봄, 여름, 가을을 즐겼고

이제 언덕이 그를 겨울로부터 지켜 주리라.

34   곤차로프(Ivan Alexandrovich Goncharov, 1812~1891): 러시아의 작가. 그의 『오
블로모프』(1859)는 19세기 러시아 문학의 대표적 작품. 무기력하고 게으
른 주인공 오블로모프는 '오블로모프 기질'이라는 말을 탄생시켰다.

35   미라보(Honoré Gabriel Riquetti, Comte de Mirabeau, 1749~1791): 18세기 프랑스
혁명 초기의 중심인물.

36   『에르푸르트 강령』: 1891년 독일 에르푸르트의 독일 사회민주당(SPD) 전
당대회에서 결정된 강령이다.

37   클레멘티(Muzio Clementi, 1752~1832): 이탈리아 작곡가이자 피아니스트.

38   「지하 세계의 오르페우스」(1858): 프랑스의 오페라 작곡가인 오펜바흐
(Jacques Offenbach, 1819~1880)의 대표적인 작품이다.

39   로맹 롤랑(Romain Rolland, 1866~1944): 프랑스의 작가.

40   『장 크리스토프(Jean Christoph)』(1904~1912): 총 10권으로 된 롤랑의 대표적
인 작품. 이 작품으로 1915년 노벨 문학상을 수상했다.

41   리버만(Max Liebenmann, 1847~1935): 독일의 화가이자 동판화가.

42   부시(Wilhelm Busch, 1832~1908): 독일의 시인이자 풍자화가. 『마음의 비
판』(1874)은 그의 시집이다. 『경건한 헬레네』(1872)와 『신부 필리시우스』
(1872)는 부시의 그림 이야기이다.

43 지버(Nikolai Ivanovich Sieber, 1844~1888): 키예프대학의 교수. 『원시 경제 문화의 개요』(1883)를 저술했다. 그는 첫 번째 마르크스주의자이다.

44 아들러(Friedrich Adler, 1879~1960): 오스트리아 사회민주주의자.

45 페르너스토르퍼(Engelbert Pernerstorfer, 1850~1916): 오스트리아 정치인.

46 레너(Karl Renner, 1870~1950): 오스트리아 정치인.

47 아우스터리츠(Friedrich Austerlitz, 1862~1931): 오스트리아 사회 민주주의자.

48 아나톨 프랑스(Anatole France, 1844~1924): 프랑스의 소설가이자 평론가. 1921년 노벨문학상 수상. 『신들은 목마르다』라는 작품은 프랑스혁명 속에서의 인간의 모습을 그린 것이다.

49 후고 폰 호프만슈탈(Hugo Von Hofmannsthal)의 「아침녘(Vor Tag)」.

잿빛의 하늘 가장자리에

뇌우가 빛을 발하다가 자리를 잡아 내려앉네.

이제 병자가 생각하네: "낮이구나. 이제 잠을 자야지!"

그리고 뜨거운 눈꺼풀을 감는다. 이제 외양간의 어린 암소가

시원한 아침의 향내를 맡는다. 이제 고요한 숲속에서

작년의 낙엽으로 만든 잠자리에서 몸도 씻지 않은 방랑자가 일어나네.

그리고 가까이 있는 돌을 잠에 취한 비둘기를 향하여

대담하게 던진다.

그리고 스스로도 두려워한다. 돌은 둔탁하게

땅에 떨어진다. 마치 밤이 차가운 공기를 품고 미친 듯이

도망치듯 홀로 어둠 속으로 돌진하는 것 같다.

이제 물이 흐르고 저기에는

구세주와 어머니가 고요히, 고요히

다리 위에서 이야기하고 있네. 조용히

그들의 이야기는 영원히 계속되고

저기 돌처럼 단단하네.

그는 자신의 십자가를 메고 말을 할 뿐이다. "나의 어머니!"

그녀는 바라본다. 그리고 "아, 나의 사랑스런 아들이여!"

그녀는 말했다. —이제는 하늘과 대지는 고요히 거리낌 없는 대화를 한다.

그리고 무겁고 나이 든 육체는 소낙비를 맞고

대지는 새로운 날을 살아갈 준비를 한다.

이제 스산한 아침 햇살이 떠오른다. 이제

신발도 신지 않은 한 사람 마치 그림자처럼

여인의 잠자리에서 살금살금 나와 달려간다.

마치 도둑처럼 빠져나온다.

창문을 통해 자신의 방으로, 벽의 거울을 보고

갑자기 창백하고 밤을 지새운 낯선 이로 인하여

불안해져

마치 오늘 밤에 과거의 착한 소년을 살해한 듯

마치 반항하듯 그의 희생물의 작은 단지에

이제 손을 씻으러 나온다.

그리고 이에 하늘이 그렇게 답답하여

대기 중에 모든 것이 그렇게 기묘하다.

이제 외양간의 문이 열린다. 이제 낮이다.

50 데멜(Richard Dehmel, 1863~1920): 독일의 시인.

51 아르노 홀츠(Arno Holz, 1863~1929): 독일 자연주의 작가. 홀츠의 『판타수스』
는 모든 현상이 다양하게 나타나는 시인의 환상적 의식을 그리고 있다.
꿈의 신 판타수스(Phantasus)는 오비디우스의 『변신 이야기(Metamorphoses)』
11권 641~645행에 나오는 그리스 신화 속 인물이다. 판타수스는 여러 모
습으로 변신할 능력을 지니고 있는 인물이다.

52 요하네스 슐라프(Johannes Schlaf, 1862~1941): 독일의 작가.

53 플라텐(August von Platen, 1796~1835): 독일의 서정시인. 희극 「불운의 쇠스
랑」(1826)은 그의 5막으로 된 희극이다.

54 슈테판 게오르게(Stefan George, 1868~1933)의 1907년에 출간된 시집 『제7륜

(*Der siebente Ring*)』 중 「이제 나로 하여금 눈 덮인 광야에서 소리 지르게 하라(Nun lass mich rufen über die verschneiten Gefilde)」의 일부.

55 「새로운 아마디스」: 괴테의 시.

56 랑게(Friedrich Albert Lange, 1828~1875)의 『유물론의 역사와 그 현재적 의미의 비판(*Geschichte des Materialismus und Kritik seiner Bedeutung in der Gegenwart*)』 (1866).

57 조레스(Jean Jaurès, 1859~1914): 프랑스의 사회주의자이자 저술가. 주석 27 참조.

58 카우프만(Richard von Kaufmann, 1849~1908): 수집가이자 경제학자. 베를린의 보데 박물관의 전신인 카이저 프리드리히 박물관 협회의 회원이었다. 베를린 박물관을 설립하는 데 기여했다.

59 독일 작가 율리우스 레오폴드 클라인(Julius Leopold Klein)의 미완성 작품인 『희곡의 역사: 이탈리아 희곡』을 말한다.

60 아돌프 프리드리히 그라프 폰 샤크(Adolf Friedrich Graf von Schack, 1815~1894) 의 『스페인의 극문학과 예술의 역사』를 말한다.

61 게오르크 고트프리트 게르비누스(Georg Gottfried Gervinus)의 『셰익스피어 (*Shakespeare*)』를 말한다.

62 헤르만 울리치(Hermann Ulrici)의 『셰익스피어의 극예술에 대하여(*Über Shakespeare dramatische Kunst*)』, 『셰익스피어와 그의 작품의 역사(*Geschichte Shakespeares und seiner Dichtung*)』를 말한다.

63 도메니코 디 바르톨로메오(Domenico di Bartolomeo, 1410~1461): 피렌체 출신의 화가.

64 프랑스 작가 볼테르(François-Marie Arouet Voltaire, 1694~1778)의 소설 『캉디드 혹은 낙관주의(*Candide ou l'optimosme*)』를 가리킨다. 1913년 인젤출판사에서 독일어로 출간되었다.

65 이 작품은 『고뇌의 기억, 코펜하겐 궁전의 푸른 탑에 1663~1685년 감금된

동안 작성된 슐레스비히 홀슈타인 레오노라 크리스티나 울펠트 백작부인의 회상록(*Leidensgedächtnis, das sind Denkwürdigkeiten der Gräfin zu Schleswig-Holstein Leonora Christina vermählten Gräfin Ulfeldt: aus ihrer Gefangenschaft im Blauen Turm des Königsschlosses zu Kopenhagen 1663-1685*)을 의미한다. 레오노라 크리스티나 울펠트 백작부인은 덴마크 공주였고, 남편이 반역죄로 체포되자 영국으로 도피하려고 했다. 그러나 그녀는 결국 코펜하겐으로 이송되어 궁전의 푸른 탑에 26년간 감금되었다.

66 그리멜스하우젠(Hans Grimmelshausen, 1625~1676): 독일의 작가.

67 알랭 르네 르사주(Alain-René Lesage, 1668~1747): 프랑스의 소설가이자 각본가. 로자가 언급한 『질 블라스』는 『질 블라스 이야기(*Histoire de Gil Blas de Santillane*)』를 말한다. 이 작품과 『절름발이 악마』는 그의 대표작이다.

68 스테인 스트뢰벨스(Stijn Streuvels, 1871~1969): 벨기에 소설가.

69 스트뢰벨스의 1907년 작품.

70 『짐플리치시무스의 모험』(1669): 독일 작가 그리멜스하우젠의 장편소설로, 독일 바로크시대의 민중소설이다.

71 여기에서 말하는 것은 독일 작가 안톤 프라이헤어 폰 페르팔(Anton Freiherr von Perfall, 1853~1912)의 소설이다.

72 토르콰토 타소(Torquato Tasso, 1544~1595): 이탈리아 시인으로, 『해방된 예루살렘』(1575)은 그의 대표작이다. 유럽에서 가장 많이 읽히는 시인 중 한 명이다.

73 테니르스(David Teniers, 1582~1649): 플랑드르의 궁정화가.

74 피터르 브뤼헐(Pieter Brueghel the Younger, 1564~1636): 지옥을 많이 그렸다고 해서 지옥의 브뤼헐이라 불린다.

75 디트만(Wilhelm Dittmann, 1874~1954): 독일의 사회민주주의자. 그는 1917년부터 1922년까지 독립 사회민주당(USPD)의 중앙당 비서관을 역임했다.

76 아이스너(Kurt Eisner, 1867~1919): 독일의 정치가. 그는 1918년 11월 바이

에른의 비텔스바하를 전복했던 사회주의 혁명을 조직하였다. 그는 바이에른 공화국을 선언하였다. 1919년 2월 21일 우익 청년에 의해 암살되었다.

# 참고문헌

막스 갈로, 『로자 룩셈부르크 평전』, 임헌 옮김, 푸른숲, 2000.

Brecht, Bertolt, *Gesammelte Werke*, Frankfurt am Main: Suhrkamp Verlag, 1967. (본문의 브레히트 시는 이 책에서 인용해 번역하고 권차와 쪽수를 표기하였다.)

Caysa, Volker, "Die 『Lebenskünstlerin』 Rosa Luxemburg", *Utopie kreativ* (*2001*), H. 129/130(Juli/August), S. 614-623.